集英社オレンジ文庫

後宮の烏《からす》 6

白川紺子

本書は書き下ろしです。

目次

イラスト／香魚子

登場人物紹介

高峻《こうしゅん》　即位間もない若き皇帝。烏妃《うひ》・寿雪に〝友〟として寄り添う。

寿雪《じゅせつ》　当代、烏妃。不思議な術を使う、謎多き孤高の存在。

衛青《えいせい》　高峻に絶対的な忠誠を誓う宦官。

九九《ジウジウ》　寿雪の侍女。素直で世話焼きな性格。

温螢《おんけい》　衛青から、寿雪の護衛を命じられた宦官。

淡海《たんかい》　もうひとりの、寿雪の護衛。

衣斯哈《イシハ》　少年宦官。西方の少数部族出身。

之季《しき》　洪濤殿書院の学士。その前は賀州の観察副使。

晩霞《ばんか》　鶴妃《かくひ》。あどけなさの残る高峻の妃。寿雪に懐いている。

朝陽《ちょうよう》　晩霞の父で、賀州の有力豪族。かつて卡卡密《カカミ》国から渡ってきた少数民族の長。

白雷《はくらい》　巫術師、新興宗教「八真教《はっしんきょう》」の教祖。

隠娘　幼き「八真教」の巫女。

麗娘《れいじょう》　先代烏妃。故人。

魚泳《ぎょえい》　前冬官《とうかん》。故人。

千里《せんり》　現冬官。寿雪の協力者でもある。

花娘《かじょう》　高峻が師と慕う宰相、雲永徳《うんえいとく》の孫。高峻の幼なじみでもある。

世界図

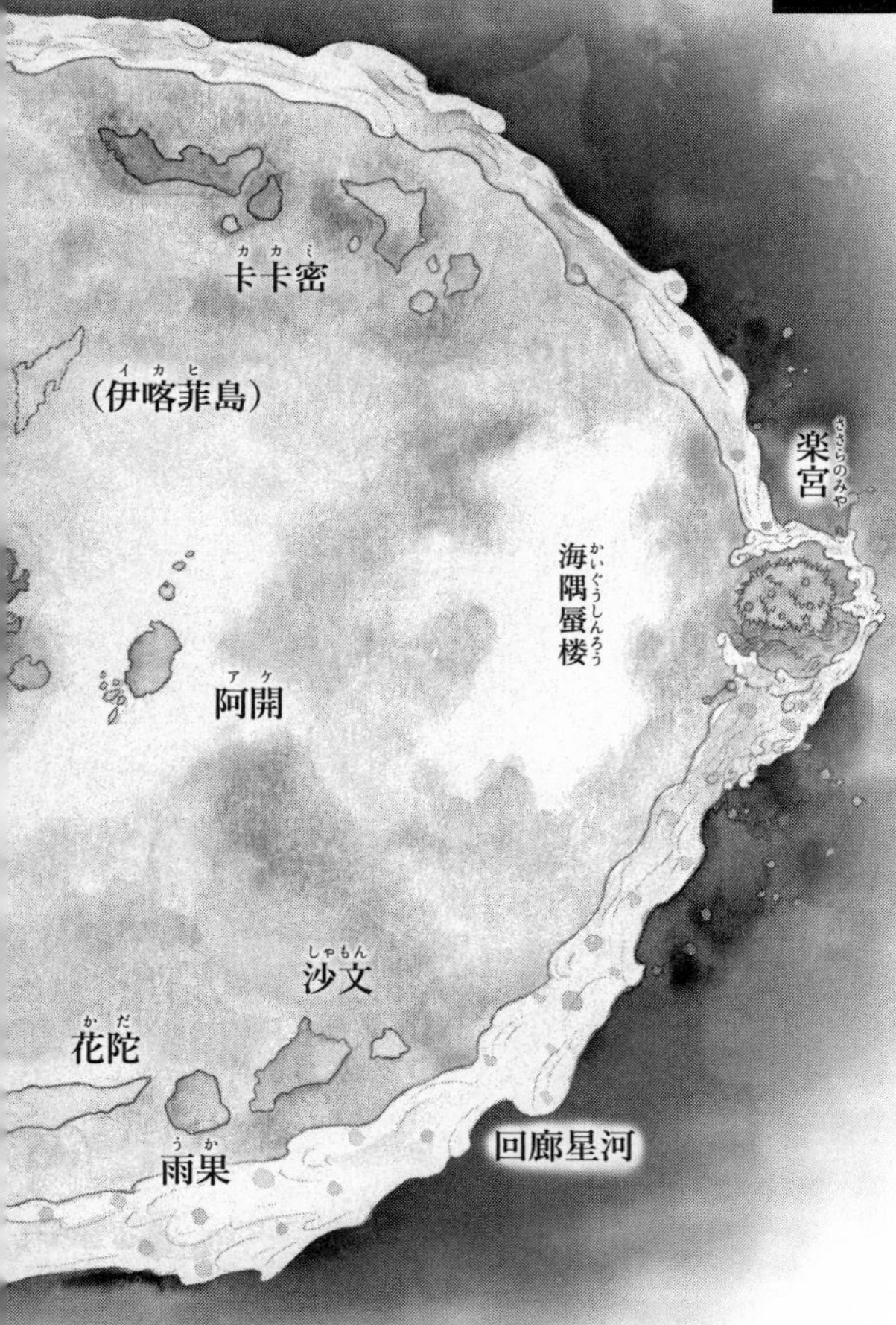
卡卡密《カカミ》
（伊喀菲《イカヒ》島）
楽宮《ささらのみや》
海隅蜃楼《かいぐうしんろう》
阿開《アケ》
沙文《しゃもん》
花陀《かだ》
雨果《うか》
回廊星河

茲目哈《ツムハ》
霄《しょう》
花勒《かろく》
海隅蜃楼《かいぐうしんろう》
幽宮《かくれのみや》

霄国地図

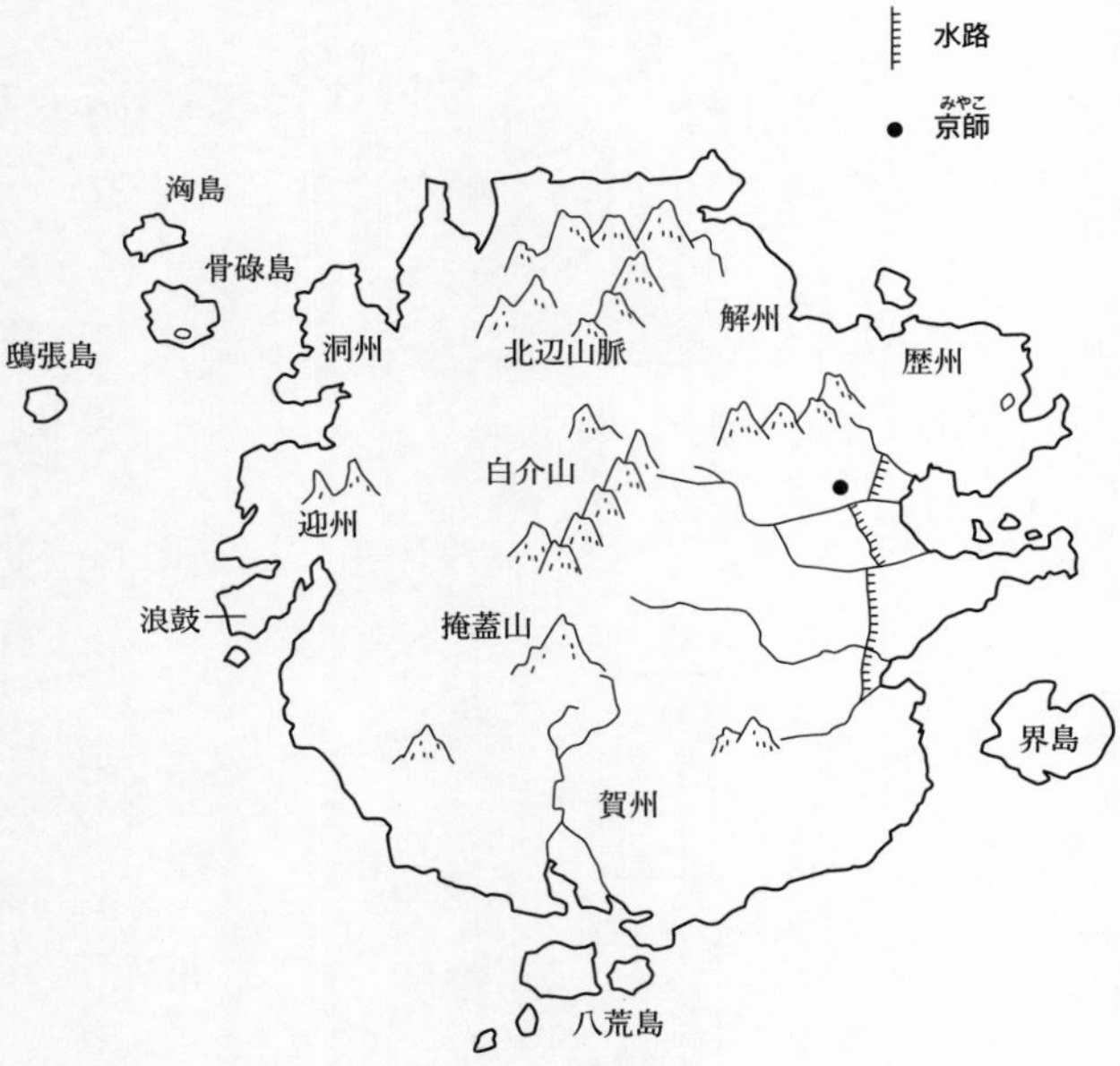

水路
京師《みやこ》
洶島
骨碌島
鵰張島
洞州
北辺山脈
解州
歴州
白介山
迎州
浪鼓
掩蓋山
界島
賀州
八荒島

宮城内地図

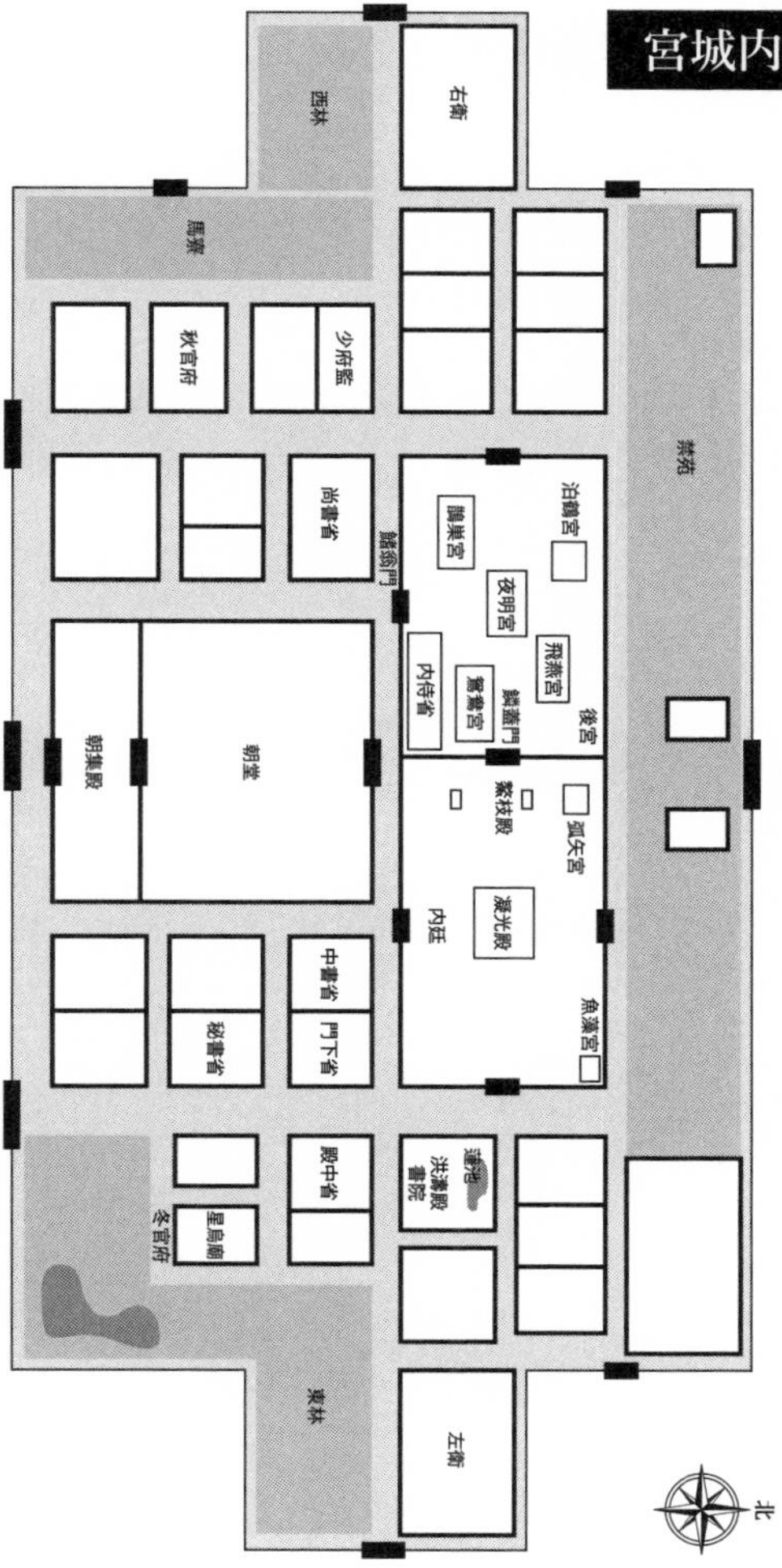

右衛
西林
馬寮
秋官府
少府監
禁苑
泊鶴宮
鵲巣宮
夜明宮
飛燕宮
鴛鴦宮
内侍省
後宮
尚書省
朝集殿
朝堂
繁枝殿
弧矢宮
凝光殿
内廷
魚藻宮
中書省
門下省
秘書省
殿中省
蓮池
洪濤殿書院
星烏廟
冬官府
東林
左衛
北

イラスト／香魚子

血の縁《えにし》

夜明け前のような、青ざめた静けさがあった。

おびただしい白骨と黒衣が泥水に浸《つ》かり、崩れ落ちた門も、その場に立ち尽くす者たちも皆、濡れそぼっている。

高峻《こうしゅん》の顎先《あごさき》から、滴《しずく》が落ちた。皮膚《ひふ》が冷たく粟立《あわだ》っているのは、雨に濡れたからではない。

目の前に、黒衣の少女が立っている。雨上がりの薄い陽光に、白銀の髪が銀砂《ぎんしゃ》をまぶしたように輝いていた。その顔は高峻に向けられていたが、瞳は高峻を見ていない。高峻の肩にとまっている、星烏《ほしがらす》を見ている。

寿雪《じゅせつ》、と呼びかけようとしたが、舌がこわばり、かすれた呻《うめ》き声が洩《も》れただけだった。

これは、寿雪であって、寿雪ではない。

——烏《からす》。

いったい、なにが起こったのか。寿雪はどうなったのか。高峻のなかで嵐が激しく渦巻いている。いますぐ動かなくてはならない、考えなくてはならない。わかっているのに、まばたきひとつできなかった。

かたわらで、風が動いた。

「温螢《おんけい》、淡海《たんかい》」

冷ややかで鋭い声が投げかけられる。衛青《えいせい》だった。衛青は、寿雪《じゅせつ》のそばにいる宦官《かんがん》ふたりにすばやく近づいていた。

「烏妃《うひ》さまを夜明宮《やめいきゅう》にお連れしろ」

そう命じる衛青に、温螢《おんけい》も淡海《たんかい》も、われに返ったように目をしばたたいた。

「え……衛内常侍《ないじょうじ》。しかし――」温螢が寿雪の顔を見やる。寿雪は温螢たちを一瞥《いちべつ》もせず、ただ星烏を見すえていた。その顔を、薄い陽《ひ》が照らしている。

ふと、陽の光が濃くなった。雲が晴れて、白い陽がすっきりと顔を出したのだ。まぶしさを厭《いと》うように、寿雪が顔をしかめた。のみならず、苦悶《くもん》の声をあげてあとずさる。足がふらついた。

「娘娘《ニャンニャン》!」

寿雪の体が傾く。地面に倒れこむ寸前で、温螢が抱きとめた。四肢《しし》がだらりと力を失い、目は閉じられている。気を失っているようだった。

「連れていけ」ちょうどいい、とばかりに衛青がふたたび命じて、温螢はうなずいた。寿雪を抱《かか》えあげると、淡海とともに後宮《こうきゅう》のほうへと走り去っていった。そのうしろを、金鶏《きんけい》の星星《シンシン》が羽をばたつかせながらついてゆく。

「陽の光は、われらには、毒だ」

高峻《こうしゅん》の肩で、星烏が——梟《ふくろう》が、つぶやいた。衛青《えいせい》が戻ってくる。彼は指示を仰ぐように、高峻のかたわらに寄り添って控えた。高峻は、ふっと、息をついた。

——衛青がいてくれてよかった。

血が巡り、体のこわばりがとれる。頭のなかが、勢いよく動きはじめる。急いで対処を考えなくてはならない。すべては崩れ去ってしまった。いったい、どう説明すればいいのか、この事態を。

——寿雪《じゅせつ》の正体は、もはや隠しようがない。

銀髪は前王朝の血を引く証《あかし》。それが衆人の目に触れてしまった。

周囲が騒がしくなっている。あの白骨の群れはなんだったのか、あの銀髪の少女は何者か、そんな言葉があちらこちらで飛び交い、辺りはあっというまに喧噪《けんそう》に包まれた。四方から新たにひとが集まりつつあり、軍官の騎馬が泥をはね飛ばしてやってくるのも見える。

高峻は、息を吸いこんだ。

「……儀式を取り仕切っていた冬官《とうかん》と、監門衛《かんもんえい》の将軍に、事態の報告をさせよ」

前方に目を据えたまま、衛青に告げる。

なにが起こったのか、説明するのは高峻ではない。高峻は、報告を受ける側でなくてはならない。そうでなくては、疑念を生む。ひとは、上から与えられるものに真実など見出《みいだ》さない。

「寿雪《じゅせつ》のことは、巫婆《みこ》だと触れ回れ。烏漣娘娘《うれんにゃんにゃん》に仕《つか》える巫婆だ。それだけでいい」

命令を受けた衛青《えいせい》が高峻《こうしゅん》のそばを離れる。高峻は護衛の侍官《じかん》たちに、「内廷《ないてい》に戻る」と告げ、きびすを返した。

夜明宮《やめいきゅう》へと急ぎながら、淡海《たんかい》は隣を走る温螢《おんけい》にちらと目を向けた。温螢は青白い顔で唇を引き結び、ひとこともしゃべらない。淡海は温螢に抱えられた寿雪に目を移す。寿雪が目を覚ます気配はない。息をしているのか心配になるほど、顔には血の気《け》がなく、手足もだらりと垂れ下がっている。注意深く見れば、ときおりまぶたが動き、胸が呼吸に上下するのがわかった。

――しかし……。

見慣れぬ長い銀髪が、温螢の腕からこぼれて揺れている。なんと美しい髪だろう、と思う。だが、禁忌《きんき》の髪だ。

――欒《らん》家の生き残りだったのか。

温螢は、知っていたのだろう。彼はそれについては動揺していない様子だった。

った。

——これから、面倒なことが起きるに違いない。でも、問題はそこじゃない。

寿雪《じゅせつ》は、いったいどうなってしまったのか。気を失う前の彼女は、まるで別人のようだった。

「なあ、娘娘《ニャンニャン》は、どうなっちまったんだ？」

淡海《たんかい》の問いに、温螢《おんけい》は視線も寄越《よこ》さなかった。彼にも答えようがない、ということだ。

夜明宮《やめいきゅう》に着くと、殿舎の前で九九《ジウジウ》がうろうろしていた。温螢に抱えられた寿雪を見て、ぎょっと目をむいた。

「娘娘！　どうなさったんです、お怪我《けが》でも——？」

銀髪には驚いていない。九九も知っていたのか、と淡海は意外に思ったが、身の回りの世話をする侍女《じじょ》が知らぬわけはないか、とも思った。

「気を失ってるだけだ」

温螢がそれだけ言って、殿舎に入る。声が疲れていた。寝台に寿雪を寝かせると、不安げな面持《おもも》ちで顔を眺める。ふだん冷静な態度を崩さない温螢がそんな表情をしていると、淡海も不安に駆られてしまう。

濡れた衣《ころも》を着替えさせるからと、九九に帳《とばり》の外に追いだされる。

「なにがあったんです？　後宮の外がなんだか騒がしいのはわかったんですけど、花娘《ファニャン》娘《ニャン》──鴦妃《おうひ》さまから、各々《おのおの》の宮から出ないようにとお達しがあって」

混乱を避けるためだろう。だからここに戻るまでの道中、静かだったのだな、と思う。

あの場の状況が知れ渡っていたら、後宮内も騒然としていたはずだ。

「鴦妃さまは、いつもながら賢明だな。骸《むくろ》の群れが暴れてるなんて聞いたら、みんな泡食って逃げだしてたんじゃないか」

「骸？」

説明が面倒くさい。淡海《たんかい》は温螢《おんけい》を見たが、彼はうつむきかげんに黙りこくっていて、会話をまるで聞いていない。しかたなく淡海は言葉をつづけた。

「儀式は成功したんだよ、たぶん。それで門が崩れて、そしたら──」

あのときの光景を、なんと言ったらいいだろう。黒い波が押し寄せてきたと思った。つぎにそれらは黒衣をまとった白骨の群れだとわかった。さらには、近づくにつれて、白骨はひとの形を取り戻していった。あの異様な光景。

「烏妃《うひ》の塚が、禁苑《きんえん》にあった」

温螢が、ぽつりと口をひらいた。

「あの烏妃たちの亡骸《なきがら》は、そこからやってきたんだ。結界を破った娘娘《ニャンニャン》を殺すために」

「娘娘を殺す？」

九九《ジウジウ》が悲鳴じみた声をあげた。

「襲われたんですか。それで、気を失って？　ああ、でも、おふたりがいたからご無事だったんですね。お怪我もなさってないようだし」

温螢《おんけい》が苦しげに顔をゆがめた。

「ご無事ではない」

「え？　だって、気を失ってるだけって」

「なにもできなかった。なにひとつ役に立たなかった」

絞りだすように言って、温螢はこぶしを握りしめた。その手は震えている。役立たずだったのは、淡海《たんかい》もおなじだ。なんのための護衛か。むしろあのとき、淡海と温螢は寿雪《じゅせつ》に守られていた。

九九が帳をひらく。不安そうに淡海と温螢の顔を眺めた。淡海は、寝台をのぞきこむ。夜着に着替えさせられた寿雪が、青白い顔で横たわっている。

温螢が寝台に近づき、かたわらに膝《ひざ》をついた。じっと寿雪の顔を見つめる。九九はそれを横目に帳を出ると、淡海の袖《そで》を引っ張った。

「なにが、どうなってるんです？」

「俺にもわかんねえよ」

苛立《いらだ》って吐き捨てると、九九《ジウジウ》は驚いたように身を引いた。「……わからないんだよ、ほんとうに」声をやわらげて、言い直す。途方に暮れた、弱々しい声になった。

九九はなにか言いかけたが、口を閉じて寝台をふり返る。寿雪《じゆせつ》が大丈夫なのかどうか、訊《き》きたいのだろう。訊かれたところで、淡海《たんかい》は答えを持ち合わせていない。

石を乗せたように肩が重く、息がつまる。淡海はそれをふり払うように周囲をぐるりと見まわした。

「そういや、衣斯哈《イシハ》はどこだ？　星星《シンシン》をほったらかしにして」

「あっ」と九九が声をあげた。「そうだわ、忘れてた」焦《あせ》ったように言う。

「忘れてたって、なにを」

「衣斯哈が戻ってこないんです。急に飛びだした星星を追いかけていったまま――あ、星星、いたのね」

九九は花氈《かせん》の上で羽を休めている星星にようやく気づき、そばにしゃがみこんだ。

「戻ってこないって……。星星は娘娘《ニヤンニヤン》のとこに飛んできたんだよ。衣斯哈のやつ、どっかで迷ってるんじゃないか」

門には衛士《えじ》がいるから、後宮の外には出ていないだろうが。

「紅翹《こうぎよう》さんがその辺をさがしてくれてるんですけど。あたしもさがそうかと思ってたところに、皆さんが帰ってきて」

紅翹《こうぎよう》は夜明《やめい》宮の宮女だ。

「じゃあ、俺もさがしに行くか。星星《シンシン》を追いかけたんなら、西のほうか？」

寿雪《じゆせつ》がいた門は宮城《きゆうじよう》の西側、北寄りにあった。だが、九九《ジウジウ》は「いいえ」と首をふった。

「東のほう。いきなり殿舎を走りでていったと思ったら、羽ばたいて、東のほうに飛んでいって」

「東は内廷じゃないか。娘娘《ニャンニャン》がいたのと逆方向だぞ」

「そんなこと言われたって、ほんとうにそうだったんだもの」

九九は不満げに言った。さすがに西と東を間違えはしないだろう。星星は東へ飛んでいったものの、方向転換して西にいた寿雪のもとにやってきた。そういうことだろうか。

「それならとりあえず、東のほうをさがしてみるか」

ここであれこれ言っていてもはじまらないので、淡海《たんかい》は殿舎を出た。東側は、まっすぐ行けば皇帝の住まいである内廷で、北に向かえば飛燕《ひえん》宮、南寄りには鴛鴦《えんおう》宮がある。淡海は飛燕宮から鴛鴦宮の周辺をさがしてみたが、衣斯哈《イシハ》の姿はなく、宦官や宮女に訊いても姿を見かけたという者はいなかった。

とはいえ、衣斯哈は昨日今日やってきたというわけでもなく、後宮も無限に広がっているわけでもない。そのうち戻ってくるだろう、と気楽に構えていたのだが、夜が迫っても衣斯哈《イシハ》は戻ってこなかった。

そして、日が沈み、辺りが薄闇に包まれはじめたとき、寿雪《じゅせつ》が目を覚ました。

だが、やはりそれは、寿雪ではなかった。


「烏《からす》が目覚めたのだ」

内廷の一室で、梟《ふくろう》が言った。高峻《こうしゅん》は搨《とう》に腰をおろし、梟の声でしゃべる星烏は几《つくえ》の上にいる。

「目覚めた、とは」

短く高峻が問うと、

「烏妃《うひ》の心ははじけ飛び、どこかへ行ってしまった。代わりに押しこめられていた烏が顔を出している」

「はじけ飛んだ……香薔《こうしょう》の禁術とやらで？」

「結果として、そうなるが。あの禁術は、結界を破った烏妃を殺すためのものだった。殺されはしなかったが――」

心がどこかへ行ってしまった。

「……『どこか』とは、どこだ」

「俺にはわからない」

「戻しかたは」

「俺にはわからない」

梟《ふくろう》はくり返した。高峻《こうしゅん》は眉をひそめ、うつむく。事態は、思ったよりも悪い。

「そもそも、そなたのその姿はどういうことだ」

高峻は問いを変える。これまで梟は、牢に囚《とら》われていて、大海螺《おおまきがい》を通して会話をしていた。ここしばらく声が届かないので、どうしたのかと思っていたところだった。

「罰を受けた」

「罰？」

「こちらへの干渉《かんしょう》がばれた。流罪《るざい》になった。追放だな。幽宮《かくれのみや》にはもう二度と戻れない」

幽宮の決まりで、神々はひとに干渉してはならないことになっている。梟が牢に入っていたのは、その禁を犯したからで、いままたさらに罪が重なった。ゆえに流罪ということか。

「烏《からす》とおなじか」

梟の妹である烏もまた、流罪となって霄《しょう》にやってきたのだという。

「その姿は?」

梟《ふくろう》の本来の姿というのがどういうものだか知らないが、星烏ではないだろう。

「われらは、おまえたちのような姿は持たない。そのままでは言葉も交わせない。巫《ふ》をのぞいては」

「巫……巫婆《みこ》か、烏妃《うひ》のような」

「そうだ。おまえは俺のしるしをつけてあるから、俺の声が聞こえる。人形《ひとがた》の使い部《べ》を用いればほかの者とも言葉を交わせるが、あれは費やす労力のわりに使い勝手が悪い。鳥のほうが都合がいい」

「それで、その星烏か」

そうだ、と梟は言った。「これは飛べるので便利だ」

流罪になったわりに、梟は飄々《ひょうひょう》としている。

「流罪になるならなるで、いいと思っていた」

高峻《こうしゅん》のかすかな当惑《とうわく》を読みとったように、梟は言った。

「幽宮《かくれのみや》にいたのでは、なにもできない。声もろくに届かない。歯がゆい思いばかりする」

梟は、烏《からす》を救いたいのだ。罰を甘んじて受けるほど。

「……いまの状況は、烏にとって、いいか、悪いか?」

梟《ふくろう》はしばし黙った。

「よくは、ない。結局、殻《から》のなかにいるのは変わらないのだから。だが、いいこともある。烏《からす》と言葉が交わせることだ。あちらに交わす気があれば」

「意思の疎通《そつう》は、できそうか？」

烏は長年、烏妃《うひ》のなかに閉じこめられ、毒となる花を与えられてきた。

「烏は、俺のことをわかっていた。俺を呼んだ。すくなくとも、言葉は届く」

――ならば、烏に寿雪《じゅせつ》がどうやったらもとに戻るのか、訊かねばならない。

立ちあがろうとしたとき、ちょうど衛青《えいせい》が帰ってきた。高峻《こうしゅん》の命令であちこち奔走《ほんそう》したためか、顔には疲れが見える。

衛青は高峻のかたわらにひざまずいた。

「冬官《とうかん》、将軍ともに調べがすみ次第、すぐにご報告にあがるとのことです」

高峻はうなずいた。報告といっても、なにがあったかは高峻のほうがよくわかっている。形だけのものである。

「宮城の様子はどうだ？」

「集まっていた見物人も去り、ようやく落ち着いてまいりました。烏妃たちの骨はひとまず回収し、塚のあったところに戻しております」

香薔《こうしょう》の禁術で、歴代の烏妃《うひ》たちの骸が、寿雪《じゅせつ》に襲いかかった。ということは、そのなかに麗娘《れいじょう》もいただろう。育ての親ともいえる麗娘の亡骸を、そんなふうに利用されたとあっては……。

寿雪の心の崩壊は、それが理由か。高峻は、地に伏せ泣き叫んでいた寿雪の姿が思い浮かび、息がつまった。あのとき、すぐさま駆けよるべきだった。それでなにが変わったかはわからない、だが、駆けよらねばならなかったのだ。

――せめて、いまやれることをせねばならない。

「大家《ターチャ》、ご命令とはべつにひとつ、ご報告が」

衛青《えいせい》の表情は険しい。さらに疲れの色が濃くなったように見えた。

「なんだ？　鼇枝殿《ごうしでん》の屋根が崩落したことなら、聞いたぞ」

あのとき――寿雪のもとに駆けつけたとき、鼇枝殿のほうで水柱が噴きあがった。そのせいなのかどうか、屋根が崩れ落ちていたのである。報告は受けたが、詳細はまだ不明だった。

「いえ、そちらではなく――いえ、そちらともかかわるのですが。白雷《はくらい》と隠娘《いんじょう》が姿を消しました」

「ああ……」

白雷《はくらい》は香薔《こうしょう》の結界を破るために必要だった者で、隠娘《いんじょう》はその人質として内廷の一室に閉じこめていた。結界が破られたいま、彼らについては高峻《こうしゅん》の意識から抜け落ちていた。

「混乱に乗じて、逃げたか」

「それが、いますこし厄介な事情が」

「厄介？」

「衣斯哈《イシハ》も、ともにいなくなっております」

高峻は眉をひそめた。「どういうことだ？」

衛青《えいせい》は背後をふり返った。「隠娘の見張り役だった者をつれてきております」

入り口に、ひとりの少年宦官が現れ、這《は》いつくばるようにひざまずいた。衣斯哈と仲がよく、ときおり夜明宮《やめいきゅう》への使いに出していた宦官だ。玉児《ぎょくじ》という。

「こちらへ」と、高峻は入室をうながす。玉児はすばやく衛青のうしろまで来て、ふたたびひざまずいた。顔が青い。隠娘を逃がしてしまったからだろう。

「なにがあった？」玉児をなるべく脅《おど》かさぬよう、高峻はつとめて穏やかに尋《たず》ねた。もともと、高峻の声は静かで、落ち着いている。だが、それでも玉児はいまにも泣きだしそうな顔をしていた。いや、もうすでに涙がにじんでいる。

「申し訳ございません」声が震えている。「わたくしの不手際《ふてぎわ》でございます」

「それはいい。逃亡を本気で阻止するつもりなら、もっと屈強な者を、それこそ武官を置いていた。さほど問題ではない」

一応、人質ではあったものの、逃げるとは思っていなかった。白雷《はくらい》は、隠娘《いんじょう》が鼇《ごう》の神の生贄《いけにえ》となるのを避けたくて、こちらに協力したのだ。協力だけして逃げるとは、割に合わないのではないか。高峻《こうしゅん》は疑問だった。

その理由は、玉児《ぎょくじ》の話を聞いてわかった。

彼は、言葉をつまらせながら、そのときのことを語った。

「儀式がはじまって、しばらくして――」

大きな地響きがして、玉児は驚いた。それは寿雪《じゅせつ》が城門の結界を破り、門が倒壊した音だったのだが、このときの彼にそんなことがわかるはずもない。

「なんだ?」玉児とおなじく見張り役についていた宦官も、不安そうに周囲を見まわしている。そのうち、ばたばたと周辺が慌《あわ》ただしくなってきた。内廷の外も、なんだか騒がしいようだ。かすかだが、悲鳴だか怒号だかが聞こえてくる。

ただ事でない様子に、「ちょっと見てくる」と言って、宦官が走っていった。ひとり残された玉児は、不安が増した。隠娘も不安だろうとふり向くと、彼女は扉の格子《こうし》に指をかけて、こちらをのぞきこんでいた。

「どうしたの？」と訊かれるが、「わからない……」と答えるしかない。

ふと、隠娘《いんじよう》の黒々とした瞳が玉児《ぎよくじ》の背後に向けられた。

「哈彈《ハタン》の娘御《むすめご》」

突然うしろで響いた声に、玉児はぎょっとした。はじかれたようにふり返る。老宦官が立っていた。宦官だと思ったのは、着ている袍《ほう》が濃鼠《こいねず》だったのと、顔に見覚えがあったからだ。

老いてはいるが、つるりとした肌をした、表情のない宦官。玉児は記憶をたどる。このひとは、たしか――。

「――羽衣《うい》どの？」

たしか、宝物庫の番人の宦官だ。玉児は何度か顔を見たことがあった。だが、それだけだ。言葉を交わしたこともなければ、玉児は羽衣の正体も、『鼇《ごう》の神に呼ばれた』と言って姿を消したことも知らない。

「哈彈の娘御」

羽衣はふたたび、おなじ言葉を口にした。隠娘に言っているのだと、玉児はようやく理解した。

「鼇《ごう》の神がお呼びである。疾《と》く参られよ」

玉児《ぎょくじ》には、羽衣《うい》が言っていることの意味がまるでわからない。だが、どうやら隠娘《いんじょう》に外に出るよう、うながしているのだとはわかった。

「羽衣どの、それは、大家《ターチャ》の命令ですか？　それとも、衛内常侍《えいないじょうじ》の」

玉児は確認するが、羽衣はまるきり聞こえていないかのように反応を見せず、ただするりと近づいてきた。玉児はどうしていいのか、わからない。羽衣は玉児などよりもずっと古株の、上役《うわやく》なのである。

羽衣はごく当たり前のように、扉の閂《かんぬき》を外した。

「えっ、あの」

さすがにあわててとめようとしたとき、内側から扉が勢いよくあいて、玉児ははね飛ばされた。隠娘が飛びだしてきたのだ。玉児はしたたかに尻餅《しりもち》をつく。痛みをこらえて起きあがったときには、隠娘は廊下の角を曲がっていた。羽衣の姿はない。

玉児は青ざめ、己《おのれ》の失態に悲鳴をあげた。急いであとを追うが、隠娘の足は速かった。隠娘は殿舎を出て、迷いなく駆けてゆく。彼女が向かったのは、鼇枝《ごうし》殿だった。回廊を走り抜け、殿舎の階《きざはし》を駆けあがり、扉の内に飛びこむ。玉児はそのあとにつづいた。

隠娘は部屋の中央に佇《たたず》んでいた。玉児は近づこうとして、はっと立ちすくむ。隠娘の足もと、石の床が淡く光っている。いや、光っているというより、やわらかく揺らいで、光をたたえているような——まるで水面《みなも》のように。

声をかけようとしたとき、玉児《ぎょくじ》の背後から、けたたましい鳴き声とともに金色の塊《かたまり》が飛んできた。羽ばたきの音がする。それは床に降り立ち、またひと声鳴いた。

金鶏《きんけい》だ。たしか、夜明宮《やめい》で飼われている。どうしてこんなところに。足音がしてふり向くと、衣斯哈《イシハ》が駆けよってくるところだった。

「星星《シンシン》——」衣斯哈は肩で息をしながら、金鶏の名を呼ぶ。その声に反応したのは、金鶏ではなく、隠娘《いんじょう》だった。彼女はつと顔をあげ、声がしたほうに目を向ける。

衣斯哈が部屋のなかに入ってきた。玉児を見て『あれ?』という顔をしたあと、隠娘を見て、ぽかんとした。

「……阿兪拉《アユラ》?」

隠娘は目をぱちぱちさせて、「衣斯哈」と言った。

「なんで、どうしてここに」衣斯哈は動揺していたが、隠娘はただうれしそうにしていた。ふたりはすこしばかり言葉を交わしたのだが、故郷の言語らしく、玉児には聞きとれなかった。

金鶏が鋭い鳴き声をあげた。隠娘がびくりとして、困ったような目をそちらに向ける。

「ねえ、その鳥を、どっかにやって。神さまが、いやがってるから」

玉児《ぎょくじ》にわかる言葉で言ったということは、玉児に頼んでいるのだろう。

「神さま？」

金鶏が抗議するように激しく鳴いた。ふいに足もとが揺らいだ気がして、玉児は下を見る。

——水？

床が水に浸《ひた》っている。突然、金鶏が翼をばたつかせた。金色の羽根が舞う。床から水が矢のように飛びだして、金鶏をかすめたのだ。玉児はあとずさり、扉までさがった。柱にすがって、へたりこむ。

床は、水に浸っているのではなかった。床が、水に変わっているのだ。

水は隠娘《いんじょう》を中心に渦を巻き、しぶきをあげる。水の矢はつぎつぎに飛びだして、金鶏を射ようとした。

金鶏はくるりと方向を変え、羽ばたきながら助走をつけると、飛びあがった。水の矢を避けながら、外へと飛びだす。金鶏はそのまま上空へと飛び去っていった。

空はいつのまにか、暗雲が垂れこめている。あんなに晴れていたのに。

水音が激しくなり、玉児は部屋のなかに目を戻す。渦は隠娘を取り巻き、上へ、上へと昇りはじめていた。もう、なにがどうなっているのか、玉児《ぎょくじ》にはわからない。

どおん、と下から突きあげるような衝撃があって、玉児は首をすくめて柱にしがみついた。水しぶきが頬を打ち、ぎゅっと目を閉じる。「阿兪拉《アユラ》!」という衣斯哈《イシハ》の声に目をあけると、渦巻く大きな水柱が、殿舎の屋根を突き破っていた。水の音が、うなり声のように響いている。隠娘《いんじょう》の姿は見えないが、おそらく水柱の中心にいるのだろう。衣斯哈は水柱に手を伸ばそうとするも、渦の勢いが強く、しぶきと風を巻き起こしていて、近づけない。

玉児は、腰を抜かしていた。己がいま、人智を超えたものと直面していることをまざまざと感じて、おののいていた。

水柱は蛇体のようにうごめいて見えた。うねり、伸びあがり、咆哮《ほうこう》をあげている。水が生きている、そんなふうに思えた。

――食われてしまうのではないか。

そんな恐怖すら覚えたときだった。玻璃《はり》が砕け散るような音がした。それと同時に、水柱がはじけた。水しぶきが、四方に雨のように降りそそいだ。

降りそそぐ水しぶきを頬に受けながら、玉児はぽかんと口をひらいていた。

――消えた?

水柱が消えたあとには、隠娘《いんじょう》がいた。床はまだ水面を震わせている。衣斯哈《イシハ》が彼女に駆けよろうとした。ふたりの足もとが大きく揺れる。水が動いて、波を作った。ふたたび、水が大きく伸びあがる。それはゆるやかに隠娘の体に巻きついた。

「あっ……」

声らしい声をあげる間もなく、隠娘の体は水面下に引きこまれる。隠娘は衣斯哈のほうに手を伸ばした。衣斯哈はその手をとり、隠娘を引き戻そうとする。が、逆に彼も引っ張られた。衣斯哈の足もとから水が伸び、蔦《つた》のようにその身に絡《から》まる。さらに水がふたりを取り囲み、包みこむ。そう見えた瞬間、軽い水音とともに、ふたりの姿は消えてしまった。

呆然とする。あっという間の出来事だった。なにがどうなったのか、順序立てて考える暇《ひま》もない。

すぐそばで衣擦《きぬず》れの音がして、玉児《ぎょくじ》はわれに返った。見あげると、ひとりの男が立っていた。知らない男だ。四十くらいの、顔の左を布で覆《おお》った男だった。内廷に、宦官でもなさそうな、素性《すじょう》のわからぬ男がいていいはずがない。だが、玉児は誰何《すいか》するゆとりもなかった。ただ目の前で起こった出来事に動転していた。

「……鼇《ごう》の神め」

男はそう呻いて、すばやくきびすを返すと、殿舎を出ていった。

玉児《ぎょくじ》は何度か深呼吸をくり返し、息を整え、ゆっくりと立ちあがる。室内を見まわすと、辺りには水など一滴もなく、乾いた石の床があるだけだった。だが上を見れば、屋根は崩落し、青い空がのぞいていた。

玉児の報告を聞き終えた高峻《こうしゅん》は、彼をさがらせ、搨《とう》の背にもたれかかった。

——最後に現れた男は、白雷《はくらい》だな。

あの水柱は、鼇《ごう》の神のしわざか。目的が判然としないが、結界が破れたことと無関係ではあるまい。白雷が協力を申し出たことも、かかわりがあるか。

「隠娘《いんじょう》と衣斯哈《イシハ》は、知り合いだったか」

いや、もっと近い関係か。思えば、風貌におなじ特徴を持っていた。哈彈《ハタン》族か。

鼇の神が、ふたりを攫《さら》っていった。これも、理由がわからないが……。

ふう、とため息をついて、目を閉じる。わからないことばかりで、対処に迷う。ほんの一手、間違えただけで、取り返しがつかなくなるのではないか。そんな恐れが神経を削《そ》ぐ。

ふと、やわらかな芳香がただよい、高峻は目をあけた。衛青《えいせい》が茶を几《つくえ》に置くところだった。

高峻が玉児の報告を聞くあいだ、衛青は茶の用意をしていた。いつもながら、衛青の淹《い》れる茶は香りがよく、口あたりはまろやかで、喉《のど》の奥にしみわたるぬくもりがある。

「……そなたがそばにいてくれてよかったと、今日はとりわけ、そう思う」

茶杯を手にしみじみ言うと、衛青《えいせい》は微笑を浮かべた。

茶を飲み干し、高峻《こうしゅん》は腰をあげる。「夜明宮《やめい》に行く」

「いまからでございますか。お疲れでは――」

「明日の朝議《ちょうぎ》でこたびの件が取り沙汰《ざた》される。その前に訊かねばならぬことがある」

寿雪《じゅせつ》が欒《らん》氏の生き残りだというのが、衆目《しゅうもく》の前で明らかになってしまった。欒氏は処刑せねばならない、という法は高峻がすでに撤廃したが、騒動が大きいだけに、朝廷として看過《かんか》するのは難しい。

――寿雪の命を守りきれるか、否《いな》か。

高峻は梟《ふくろう》を腕にとまらせ――傍目《はため》には星烏を、だが――、夜明宮に向かった。すでに陽は沈み、薄闇が辺りを覆いはじめている。明かりはともさず、陰を縫うようにして、さきを急いだ。

夜明宮は、あいかわらず闇のなかにあった。殿舎の内にともされた明かりだけが、ぼんやりと淡い光をたたえている。衛青が訪《おとな》いを告げると、あわてた気配で扉があけられた。あけたのは淡海《たんかい》だ。「大家《ターチャ》――」淡海はすばやくひざまずいたが、困惑《こんわく》気味の視線を部屋の奥に向ける。そちらには帳《とばり》がかけられ、その奥に寝台があった。温螢《おんけい》と九九《ジウジウ》がそばにいる。寝台の上では、寿雪《じゅせつ》が額《ひたい》を押さえてうなだれていた。

「寿雪」

高峻《こうしゅん》が呼びかけるも、反応はない。高峻は、梟《ふくろう》をちらと見おろした。

「烏《からす》」

梟が呼ぶと、寿雪は気《け》だるそうに頭を持ちあげ、ゆっくりとこちらを見た。眉をひそめ、忌々《いまいま》しそうな目で梟をにらみつける。寿雪にはない、崩れた雰囲気があった。ひとの顔立ちというものは、造作よりも内面の性質で決まるのだろうか。やはり、寿雪であって寿雪でない存在に見えた。

「わたしを始末しに来たのか？」

寿雪は——烏は、梟に向かってそう言った。その声には、怒りと怯《おび》えが同居していた。

「始末？　ああ、その辺はまだわかってないんだな。俺は葬者部《はぶりべ》としてここに来たんじゃない、流罪になったんだよ」

「流罪……？」烏は、疑わしげに眉をよせている。

梟の声は、高峻にしか聞こえない。だから、淡海《たんかい》や温螢たちは、けげんそうに寿雪と高峻とを眺めていた。

高峻《こうしゅん》は部屋のなかほどまで進み、椅子に座る。梟《ふくろう》は向かいの椅子の背に飛び移った。

「いま寿雪《じゅせつ》の体を動かし、しゃべっているのは烏漣娘娘《うれんにゃんにゃん》だ。寿雪の心はどこかへ行ってしまった。烏漣娘娘の兄がこの星烏のなかにいるが、彼の言葉は私にしか聞こえない」

淡々と、端的に高峻は現状を語った。淡海《たんかい》たちは困惑している。が、それにかまっている余裕はなかった。

「烏《からす》、教えてほしい。寿雪の心はどこへ行ったのか、どうやったらもとに戻るのか」

高峻は率直に尋ねた。烏はようやく高峻のほうを見た。冷めた目をしている。

「知らない」

烏の返答は、つっけんどんだった。もともと寿雪の口調に愛想はないが、それでも彼女なりのやわらかさがあったのだと、高峻はあらためて知った。

「知らんということはないだろう」

梟《ふくろう》が口をはさんだ。烏は顔をそむける。

「おまえは幽宮《かくれのみや》では岬部《みさきべ》、魂の案内役だった。心とはすなわち魂だ。それがどこをさまようものか、どのように呼び戻すのか、知らぬわけがない」

烏は答えない。高峻はそれを眺め、「方法があるというのなら、それでいい」とあっさり退《しりぞ》いた。しつこく食い下がったところで、答える気がないのであればどうしようもない。

それより大事なのは、寿雪《じゅせつ》をもとに戻す方法があるのか、ないのかだった。

「烏《からす》、われわれはそなたの半身をさがしている」

はっと、烏はふり向いた。

「どこにあるか、目星はついている。香薔《こうしょう》の結界を破ったら、寿雪はそこへ向かうつもりだったのだ」

烏は警戒するように、じっと高峻《こうしゅん》をねめつけている。瞳からは猜疑心《さいぎしん》がにじみでていた。

「嘘をつくな」

憎しみのこもった声で、烏は吐き捨てた。

「わたしはもう、知っている。二度と……いいえ、三度も騙《だま》されるものか」

言うなり、鋭い突風が吹きつけてきたように感じ、高峻は目を閉じた。ばたん！　という激しい音に目をあけると、閉まった扉が見えた。烏に閉めだされたのだ。これには、覚えがあった。寿雪にはじめて会いに来たときにも、おなじように閉めだされた。かたわらには衛青《えいせい》がいる。羽ばたきの音がして、高峻の肩に梟《ふくろう》が降り立った。

「あれはたびたび、ひとに騙されているから、さすがに学んだらしい」

「流罪になった件と、香薔か」

烏が流罪になったのは、死んだ人間の口車にのせられて、生き返らせてしまったからだ。

香薔《こうしょう》には、烏妃《うひ》のなかに閉じこめられるはめになった。そう思うと、気の毒でもある。

「愚かで、あわれなやつだ」

梟《ふくろう》の突き放した口調の陰には、かなしみと愛《いと》おしさが見え隠れしている。

高峻《こうしゅん》はしばし黒い扉を見つめたあと、

「鴛鴦宮《えんおう》に向かう」

と言い、きびすを返した。立ち止まっている暇はない。寿雪《じゅせつ》を救うためには。

こんなときでも、夜は静かに更《ふ》けてゆく。


堂のなかには、朝の白い陽がさしこんでいる。廟堂《びょうどう》の面々は、一様に難しい表情を浮かべていた。宰相《さいしょう》の明允《めいいん》は神経質そうにまなじりをひくつかせ、温厚な行徳《ぎょうとく》さえも胃もたれしたように顔色が悪い。冬官《とうかん》の千里《せんり》と、門の守備を担《にな》う監門衛《かんもんえい》の長である将軍の報告を聞いている最中だった。高峻はすでにこれ以前にふたりから報告を受けている。

冬官いわく、行われた儀式は門の神を祀《まつ》るためのもので、門の神による災厄があるという占《せん》が出たゆえの厄払いであった。門が倒壊し、骸の大軍が現れ、鼇枝《ごうし》殿の屋根が崩落したのも災厄の一端だったが、祓《はら》うことができたために人命を損なうことなく被害を抑えられたのだ——と語る。

将軍の報告は、被害の状況とその場にいた者たちの証言を集めたもので、門の倒壊と、骸の大群が現れたときの様子などが詳《つまび》らかに語られた。とりわけ、骸の大群がやってくるときの生々しい証言は、一同をおののかせた。反乱軍が襲ってきたと言われたほうが、よほど理解できよう。昨日起こった出来事は、皆の理解の範疇外《はんちゅうがい》なのだ。それが対処を迷わせている。どう判断すればいいのかわからない。一同の顔からは、そんな当惑《とうわく》が読みとれた。

高峻《こうしゅん》は一同を見るともなしに眺め、いつもと変わりない表情を保っているが、うなじには冷たい汗がにじんでいた。

瀬戸際《せとぎわ》に立っている。寿雪《じゅせつ》の命を守れるか、否かの。

「それで――」口をひらいたのは、明允《めいいん》だった。「その、骸を倒し、水柱を矢一本で消したという巫婆《みこ》は、何者なのか」

最も重要な点は、そこだった。明允は、骸だの水柱だのといった不可思議な事象にも惑《まど》わされることはない。

「見た者の言では、銀髪だったと聞いているが」

「さようでございます」将軍はうなずいた。とはいえ、答えを知っているわけではない彼は、隣の千里《せんり》に目を向ける。

「巫婆《みこ》でございます」

落ち着いた口ぶりで、千里《せんり》は答えた。

「巫婆だというのは、聞いている。烏漣娘娘《うれんにゃんにゃん》に仕えていると」

「ですので、冬官府の者でございます」

風のようにさらりと答える千里は、思った以上に肝《きも》が据わっている。

「素性は」

「柳寿雪《りゅうじゅせつ》、歳は十六、もとは家婢《かひ》でした。金鶏によって烏漣娘娘の巫婆に選ばれました」

「金鶏？」

「烏漣娘娘の使いです。金色の羽を持つ――」

「欒《らん》氏との関係は」

千里の答えを遮《さえぎ》って、明允《めいいん》は核心に踏みこんだ。一同の顔に緊張が走る。

「存じません」

答える千里の態度は超然として、力んだところがすこしもない。明允のまぶたが痙攣《けいれん》する。

「知らぬということはなかろう」

「物心つく前に人買いに攫《さら》われ、家婢となったそうですので、知りようがないのです」

「それですむと思っているのか！」

明允《めいいん》は激昂《げっこう》したが、千里《せんり》はむしろ、目もとをやわらげた。

「では、わたくしの首をさしあげます」

さすがに明允は、ぎょっとした。まわりの者たちもだ。

「な――」

「責めはわたくしが負います。わたくしの代わりは誰なとおりますが、彼女の代わりはおりません。お訊きしますが、このなかでどなたか、彼女に代わる者をご存じのかたがおいでですか。骸の大群を退け、水柱を一矢《いっし》で消し飛ばせるような人物を」

明允は言葉につまり、ほかに口をひらく者もいない。

「彼女の代わりは、おらぬのです」

千里はきっぱりと言い切った。明允は苦々しそうに視線を外す。

「……かの娘は、烏妃《うひ》という、後宮の妃《きさき》だとも聞いているが」そこで明允はちらりと高峻《こうしゅん》のほうを見た。「それについては？」

「烏妃と申しますのは、通称でございます。妃嬪《ひひん》の位《くらい》にあるわけではございません。ただ後宮のなかに烏漣娘娘《うれんにゃんにゃん》の廟があるゆえに、彼女は後宮にいるのでございます。廟は前王朝の時代からずっと、そこにございました。古くは、烏漣娘娘はもっと崇《あが》められた神でございましたし、仕える巫婆《みこ》も重んじられておりました。なにかと苦悩の多い後宮のお妃がたに信心され、拠《よ》りどころとなっていたのでございましょう。これはいまもそうでございます。後宮の内のことゆえ、表には出てこぬ話でございますが」

「そうした噂《うわさ》は、以前より耳にしている」明允《めいいん》は厳しい目つきになる。「烏妃《うひ》は、すこし前に騒動を起こした罪で罰せられているな」

「烏妃が起こした騒動ではございません。巻きこまれただけでございます。後宮は隔絶されたところでございますので、もめ事は多うございましょう。騒動など、数えればきりがないのでは？」

明允は、返答に窮《きゅう》してか口を閉じる。千里《せんり》の物言いは終始、軽やかで、さわやかな風が通り抜けてゆくようだった。

「柳寿雪《りゅうじゅせつ》に不可思議な力があるならば、処刑などすれば呪いがあるのでは」という声があがる。骸の大群が現れたあとでは、呪いなど、と一笑《いっしょう》に付《ふ》すことはできない。

明允は発言した者をじろりとにらみ、ついで端のほうにいた羊舌慈恵《ようぜつじけい》に目を向けた。慈恵はむっつりと唇を引き結び、いまだひと言も発していない。高峻《こうしゅん》の要請によって塩鉄使《えんてつし》の任を受けたばかりの慈恵は、かつては欒《らん》王朝の重臣だった。

「羊舌どのは、どのようにお考えか」

明允《めいいん》は丁重《ていちょう》な口ぶりで慈恵《じけい》に訊く。それだけ慈恵を敬い、かつ警戒しているのだろう。

慈恵は組んでいた腕をほどいて、眉根をよせた険《けわ》しい顔のまま、口をひらいた。

「……かつて欒《らん》氏を裏切り、下野《げや》した儂《わし》になにが言えようか」

重々しい声だった。明允は鼻白んだ表情になる。慈恵が議論を放棄したからである。欒氏の生き残りを見捨てたも同義だった。

さすがによくわかっている、と高峻《こうしゅん》は思う。慈恵は寿雪《じゅせつ》を庇《かば》うわけにはいかない。欒王朝と反目して朝廷を去った身とはいえ、羊舌《ようぜつ》家は古くからの重臣だった家柄である。庇えば、謀反《むほん》の疑いを向けられかねない。それでは寿雪も救えない。

明允は、判断を仰ぐように高峻のほうを向いた。高峻は、うしろに控えている衛青《えいせい》に目配せする。衛青はうやうやしく盆を掲《かか》げ、前に進みでた。盆には書状がのっている。

「鴦妃《おうひ》から、嘆願書を預かっている」

淡々と高峻は述べた。

「嘆願書――」

「読んでみよ」

は、と明允は書状を広げる。そこには、後宮の妃嬪たちが寿雪を頼みにしていること、現在身籠《みご》もっている鵲妃《じゃくひ》・鶴妃《かくひ》もそうであること、罪があるなら後宮を任された己が罰を受けること、しかしながら欒《らん》氏の血を引くからといって罰せられる法はないこと――などが書き連ねてあった。情に訴えつつも、理路整然と根拠を示した文《ふみ》だった。

昨夜、高峻《こうしゅん》が花娘《かじょう》にすべてを打ち明け、相談し、したためてもらった書状である。

明允《めいいん》は難しい顔で書状に目を通していたが、それを隣の行徳《ぎょうとく》に渡すと、顔をあげた。

「鴦妃《おうひ》さまのおっしゃることは、一理ございましょう。以前と異なり、いま、欒氏だからといって即座に首を刎《は》ねよという法はございません。ですが……」

明允は眉間《みけん》に皺《しわ》をよせ、黙りこむ。いろいろと言いたいことは、高峻にもわかっている。

「憂《うれ》いを除くという点からすれば、処刑するのがいちばんであろう」

高峻はあっさりと口にする。

「最も簡単な道だ。しかし、法をおろそかにしてはならない。それがたとえ誰であってもだ。加えて、鵲妃《じゃくひ》と鶴妃《かくひ》の心身が案じられる」

いま、とりわけ重要なのは、鵲妃と鶴妃が無事に出産することである。それに支障を来《きた》すような真似はできない。

寿雪《じゅせつ》にとって幸いなのは、名門・雲《うん》家の娘であり最上位の妃である花娘が味方であることと、いまが妃の懐妊という大事な時期であることだった。

「ひとつ、よろしいですか」

それまで静観していた行徳《ぎょうとく》が、口をひらいた。

「またべつの問題がございます。昨日の一件ですが、わずか一日ですでに城下に広まっております。目の当《ま》たりにした官吏《かんり》が身内に話し、身内から近所へ、さらにまた近所へ——という具合に。柳寿雪《りゅうじゅせつ》は化け物を退治した美しき巫婆《みこ》だと、大評判ですよ。そのうち俗謡《ぞくよう》でも流行《はや》りましょう」

昔から、政治のことにしろ世間のことにしろ、目立った事件があると俗謡となって巷間《こうかん》に広まるものだ。

——想定以上に、広まるのが早かったな。

高峻《こうしゅん》は衛青《えいせい》を使って、その場にいた人々に寿雪が巫婆であると吹きこんだ。彼らが目にした事実と巫婆だという点が合わされば、寿雪の神秘性は否応《いやおう》なしに広まってゆくだろうと思った。

「ここで彼女を処刑しては、人々の反発を招きましょう。それどころか、この手のことは対処を誤れば暴動になりかねません。そもそも、欒《らん》氏を根絶やしにするやりかたというのが、民衆にはすこぶる評判が悪うございました。温情をお示しになったほうがよいのではございませんか」

穏健派の行徳は、血なまぐさいことは苦手である。加えて姪《めい》の花娘《かじょう》が寿雪の助命を嘆願しているのだから、そちらの肩を持つだろう。

「昨日の一件で人々は動揺もしております。欒《らん》氏の怨念のせいでは、という声もございます。私はむしろ、柳寿雪《りゅうじゅせつ》を手厚く庇護《ひご》することで、そうした懸念《けねん》や反発を払拭《ふっしょく》してはいかがかと思います」

「それは行き過ぎだろう」と明允《めいいん》は言うが、寿雪を処刑、あるいは処罰することで生じる危機と利益を慎重に測っていることは表情からわかる。

行徳《ぎょうとく》は、めずらしく沈鬱《ちんうつ》な顔で床に目を落とした。

「恐怖は、ひとを支配することができます」

ぽつりと低い声を放つ。穏やかな彼の、常にはない張りつめた声音に、明允すら唇を引き結んで注視した。

「その先例をわれわれはすでに知っております。炎帝《えんてい》とさきの皇太后《こうたいごう》でございます。それもひとつの治めかたでございましょう。まるきり否定はいたしません。ですが――」

行徳のふくよかな顔に苦悩の色が走る。

「私の兄は――鴦妃《おうひ》の父でございますが――、ご承知のとおり、官界を嫌って海商《ハイシャン》となりました。浮き沈みが激しく、今日栄華《えいが》を誇っても、明日刑場の露《つゆ》と消える、それを厭《いと》うたのです。あまりに命がたやすく失われる。そんなことにほとほと嫌気がさしていたのは、私もおなじでございます。私も兄のように商人の道を選ぼうと考えたことは一度や二度ではございません。ですが、私はいまこの場におります。なぜかと申せば、信じたからでございます。陛下を」

行徳《ぎょうとく》は顔をあげた。必死の面持ちだった。

「私は、血ではなく徳を見とうございます。恐怖ではなく、徳で世を治めるやりかたを見たいのです。陛下は、それを成せる御方であると私は信じたからこそ、いまここにいるのでございます」

声から熱がほとばしっている。高峻《こうしゅん》は、ひそかに感嘆《かんたん》の息を吐いた。

――行徳を見くびっていた。

これほどの熱情が、彼のなかにあるとは思わなかったのだ。温厚で、ひとと争うことを嫌う彼のなかに、こんな激しさがあったとは。

行徳の熱が、ほかの者たちにも伝播《でんぱ》したのが、それぞれの顔を見ればわかる。明允《めいいん》だけが眉をひそめ、考えこんでいた。

「陛下」

明允がふたたび高峻のほうを向き、ほかの者もそれにつづく。結論を訊かれている。高峻は口をひらいた。

「私は行徳《ぎょうとく》の意見に賛成だ」

明允《めいいん》は複雑そうな顔をし、ほかの者たちはほっとした顔をする。そうであることに、なにより高峻《こうしゅん》は安堵《あんど》した。

しかし、と明允は食い下がる。「このままにしておくわけにもいきますまい」

「無論」高峻はうなずいた。

「行徳の言うように、庇護する形をとるのがよいと思う」

「『形をとる』ということは――」

「制度に組みこむということだ。なんの定めもない、あやふやな存在だからこそ、混乱が生じる。その立場を誰から見てもわかるようにするべきだ」

「官位をお与えになると？」

「いや、使職《ししょく》を」

令外官《りょうげのかん》ということだ。皇帝が直々《じきじき》に任じる、とくべつな職である。

明允は考えこむように視線をうつむける。高峻は言葉をつづけた。

「私はこたびのことで、祭祀《さいし》について見直さねばならぬと考えている。祖父は怪異を嫌い、神事を退け、神を遠ざけた。そのため星烏廟《せいうびょう》もあのさびれようだ。しかし祖霊を慰《なぐさ》め、神を敬い、祭祀を執《と》り行うのは、やはり疎《おろそ》かにしてはならぬのではないか。ときとして人智の及ばぬことがあると知るのは、身を慎《つつし》み、顧《かえり》みるうえで大事だと思うからだ」

高峻《こうしゅん》はそこで言葉を切り、正面を見すえる。

「星烏廟《せいうびょう》を修繕し、柳寿雪《りゅうじゅせつ》を祭祀を司《つかさど》る使としてそこに置く。冬官は、皇帝が執り行うべき祭祀を調べて知らせよ。必要な祭祀を行う」

「はい」千里《せんり》は拝礼する。高峻は立ちあがり、壇をおりた。朝議は終わりだという合図だ。一同はいっせいに拝礼した。

堂を出て回廊をしばらく進んだところで、高峻は足をとめた。追いかけてくる足音がある。ふり向けば、明允《めいいん》だった。彼の懸念を抱えた顔に、高峻は衛青《えいせい》を遠ざけ、明允を近くに呼ぶ。ひそめた声でも届くように。

「気がかりがあるならば、申せ」

「……かの烏妃《うひ》とは、私も顔を合わせたことがございますが……」

寿雪が外廷《がいてい》に出たさい、明允は何度か会っている。

「陛下は、かの娘を以前からご存じどころか、親しい仲であったのでしょう。身の上をまったくご存じなかったのですか」

高峻は明允の顔を眺めた。

「そなたの言う『親しい仲』というのが、枕を交わした仲かという意味なら、違う」

率直に、淡々と高峻《こうしゅん》は答えた。明允《めいいん》は気まずそうに目を伏せる。

「柳寿雪《りゅうじゅせつ》は鴦妃《おうひ》の気に入りだ。妹のようにかわいがっている。永徳《えいとく》から引き継いだ『耳』にそう聞いていないか」

明允は苦い表情を見せる。宰相であった雲《うん》永徳は、後宮の宮女や宦官を通じて情報を得ていた。その情報源を引き継いだのは、息子の行徳《ぎょうとく》ではなく娘婿《むこ》の明允だろうと、高峻は踏んでいた。行徳では、ひとがよすぎる。

「そなたの問いに答えるなら、私は柳寿雪の身の上を知らなかった。よもや、欒《らん》氏の血胤《けついん》が後宮にいるなどとは思わぬだろう」

「それは——ええ、たしかに、そうですね」

合理的な明允は、理にかなったことには、わりあいすんなり納得するところがある。欒氏の生き残りが、よりにもよって後宮に身を置くなど、ありえない。わざわざ虎のすみかに入りこむようなものだ。

「では、欒一族の捕殺令を廃止なさったことにも、他意がおありではなかったということですか」

だが、明允はやはり、きわどいところを突いてくる。

「ない」

高峻《こうしゅん》の返答は短い。いつも高峻の言は簡潔なので、下手《へた》に長々と答えてはあやしまれるだろう。

「当時、理由は説明したはずだ」

「無駄なものを整理すると……律令《りつりょう》は、ほうっておくとふくらむばかりですからね。ごもっともでございました」

高峻はうなずいた。

「ほかには」

「いえ」

明允《めいいん》は一歩退き、拱手《きょうしゅ》する。「お手間をとらせて、申し訳ございません。疑念は氷解《ひょうかい》いたしました」

「ならば、いい」

歩きだそうとした高峻に、明允は言葉をつづけた。

「陛下の深謀遠慮《しんぼうえんりょ》には、あらためて感服いたします」

高峻はふり返る。明允はめずらしく、理知的な顔に笑みを浮かべていた。いやな笑みではない。密事を分かち合うような、親しみのある笑みだった。

「私は、臣下に恵まれた」

それだけ言って、高峻《こうしゅん》は歩きだす。本音だった。

歩きながら、かすかに息を吐く。自分で思う以上に全身に力が入っていたようで、背中がこわばっていた。これでようやくすこし、肩の力が抜けた。

——だが、まだだ。

高峻は背後にいる衛青《えいせい》にささやく。

「之季《しき》と千里《せんり》を、弧矢宮《こしきゅう》に呼ぶように。それから、沙那賣晨《サナメしん》に使いを」

問題はまだ多々あるが、之季たちはうまくやってくれるだろう。だが、もうひとつの大きな問題が残っている。

烏《からす》だ。


高峻がその日、夜明宮《やめいきゅう》を訪れたのは、夜も更けてからのことだった。

室内は、いつもよりも薄暗い。見れば、灯籠《とうろう》の前に衝立《ついたて》が置かれている。

「娘娘《ニャンニャン》が——烏漣娘娘《うれんニャンニャン》が、明かりをお厭《いと》いになるので……」

九九《ジウジウ》が当惑した様子で言った。烏は明かりからいちばん遠い部屋の隅で、膝を抱えて座りこんでいた。銀髪は結いあげられ、見慣れた黒衣をまとっている。九九が身なりを整えたのだろう。

「髪は結いあげねばならぬと、その娘がこんな頭にした」

烏《からす》は隅っこで、ぐちぐち言う。「頭が痛い」と、拗《す》ねた子供のような顔をしている。

「たいへんだったんですよ、髪ひとつ結うのに大騒ぎなさって」

それ以外にも、お腹《なか》が空《す》いたとわめき、けれども箸《はし》も匙《さじ》もろくに使えず、うまく食べられないと癇癪《かんしゃく》を起こし、手づかみで食べようとする。

「幼子と変わりませんわ」

「箸は使えまい」と、高峻《こうしゅん》の肩にとまった梟《ふくろう》が言う。

「われらは、幽宮《かくれのみや》の樹に生《な》る果実を食べるから、箸の使いかたは知らんのだ」

高峻は、「箸を使わなくていいものを作ってやってくれ」と九九《ジウジウ》に言った。

「ほかに、困ったことはないか」

「ございません、けれど……」

「けれど？」

「あの、娘娘《ニャンニャン》は、もとに戻るんですよね？　もとの娘娘に……」

九九は、泣きだしそうな顔をする。高峻は烏を見た。烏は、ぷいと顔をそむける。

「戻す」

端的に、高峻はそう答えた。九九は、いくらかほっとした表情を見せる。

「あと、衣斯哈《イシハ》の行方《ゆくえ》は、やっぱりわかりませんか」

「いまのところは」

九九《ジウジウ》は落胆している。すぐ顔に出るので、とてもわかりやすい娘だ。

「衣斯哈というのは、あの童《わらし》だろう」

烏《からす》が隅っこから声を投げてきた。

「哈彈《ハタン》の童だ。白鼈《しろかめ》のやつ、腹いせに攫っていった」

忌々《いまいま》しそうに毒づく。

「腹いせ、とは」

「哈彈はわたしの巫《ふ》だ。わたしの最初の巫だった……」

「最初の――」高峻《こうしゅん》は記憶をたどる。「つまり、最初の冬の王か」

幽宮《かくれのみや》から流罪になった烏がこの地にたどり着き、選んだという、冬の王と夏の王。ふたりの王のはじまりだ。

「流れ着いたとき、わたしの姿は誰にも見えず、わたしの声は誰にも届かなかった。あの巫に会うまで。巫に会って、ようやく、わたしは言葉を交わせた」

ぽつり、ぽつりと烏は話す。

「巫がいないと、わたしはなんにもできない。話せないし、供物《くもつ》ももらえない。どうしていいかわからない。白鼇《しろかめ》だって、それはおなじ。だから、わたしたちは巫を殺されるのがいちばん怖い。だから、白鼇は怒って、憎んで、わたしもおなじ」

烏《からす》の言葉は、思ったよりも幼く、要領を得なかった。

「鼇《ごう》の神が怒った……己の巫を殺されて、怒ったと？　そなたに？」

「わたしじゃない。哈彈《ハタン》が殺した。杼《ひ》を攻めて、殺した。杼の王が、わたしを騙《だま》した男だから」

「杼――」

寿雪《じゆせつ》もその血を引くという、古代王朝だ。鼇の神を信仰していたという王朝。高峻《こうしゆん》は頭のなかで、烏の話を整理する。

烏が流罪となったのは、死者の口車にのって、その魂を生き返らせたからだ。その死者というのが、杼の王か。だから、烏は哈彈族に杼王朝を攻め滅ぼさせた。鼇の神の巫も殺された。ゆえに、鼇の神は烏を憎んでいる。そして、烏もまた鼇の神を憎んでいる――。

「ということは、そなたも鼇の神に巫を殺されたと？」

「そうだ。やつは、やることがずるくて、汚い」烏は顔をしかめた。「兄弟をそそのかして、仲違《なかたが》いさせて、わたしの巫を殺させた」

寿雪に聞いた昔話に、そんな話があったような気がした。夏の王と、その弟と、冬の王の。結果として夏の王が冬の王を殺し、戦乱の世がはじまった。つまり、鼇《ごう》の神もまた、ひとつの王朝を滅ぼしたのだ。

「それで、鼇の神と争うことになったのか」

「わたしは勝った」

妙に誇らしげに、烏《からす》は言った。「白鼇《しろかめ》ごときに負けるものか」

「半身を失ったくせに」

そう言ったのは、梟《ふくろう》だ。烏は、きっと梟をにらみつける。

「そのせいで香薔《こうしょう》にいいようにやられて。馬鹿のくせに、仕返しなんぞ考えるから、痛い目を見るんだ。馬鹿が」

烏は梟をにらんでいたが、みるみるうちに瞳に涙が盛りあがった。顔を真っ赤にして、唇を嚙んでいる。頭が回るほうではないというのは、話せば話すほど、高峻《こうしゅん》にもよくわかった。

「香薔は……香薔は、小さいときからずっと奴隷で、やせっぽちで、顔色の悪い子供だった。弱くて、かわいそうな、わたしだけの巫だった。ようやく見つけた、わたしの巫だったのに。香薔は、ひとりぼっちだから、わたしだけが友で、わたしだけが味方だったのに」

烏《からす》は膝を抱え、わんわんと泣きだしてしまった。寿雪《じゆせつ》の姿でそんな真似をされると、奇妙な心地になる。寿雪は絶対に、こんなふうには泣かない。

「似た者同士か」梟《ふくろう》はあきれたように言う。「だから香薔《こうしよう》も、欒夕《らんゆう》にいいように利用されたんだな」

「半身さえ、半身さえ戻っていれば、閉じこめられることなんて、なかったのに」

烏は洟《はな》をすすりながらそう言い、大粒の涙をこぼした。

「……半身が戻ったなら、そなたはどうなる?」

高峻《こうしゆん》は静かに尋ねた。烏は高峻を濡れた瞳で見つめる。まばたきをすると、涙が頬をすべり落ちた。

「わたしに戻る」

烏の言葉を、高峻は自分なりに解釈する。

「本来の、そなたに戻るということか。そのとき、寿雪は……その体は、どうなる?」

烏は、首をかしげた。その仕草は、寿雪と似通っている。

「なにも。わたしは巫のなかに、入ることができる。出ることもできる。ただそれだけ。風のように」

風のように、という喩《たと》えが烏らしくなく、巫の誰かが言ったことをなぞっているのだろうか、と思った。

ともかく、烏《からす》が半身を取り戻すにあたって、寿雪《じゅせつ》の体に支障が出ることはないようだ。ひとつ、高峻《こうしゅん》は安堵した。

「烏、そなたがいまさらひとを信用などできぬというのは、もっともだ。私はそなたに信用してもらえるよう、努《つと》めようと思う」

烏は疑わしげな目を高峻に向ける。

「そなたは、半身を取り戻したい。これは間違いないのだろう?」

烏はこくりとうなずいた。

「われわれも、そなたに半身を取り戻してもらいたい。なぜなら、そなたを自由にすることで、寿雪をも自由にしたいからだ」

高峻は、嚙んで含めるように、ゆっくりと話した。烏はかすかに眉をひそめ、高峻の言葉にじっと耳をすましている。

「寿雪を自由にしたいから、必ず、半身は見つけだす。それがわれらにとって、利益となるからだ。わかるか?」

烏は、微動だにせず高峻を眺めている。考えているのか、いないのか、わからない。

「わたしの半身を取り戻すことは……おまえたちにとっても、得だから……?」

自信なさげに、烏《からす》は言った。高峻《こうしゅん》は「そうだ」とうなずく。

「われわれにとって、そのほうが得だから、そなたを裏切ることはない」

烏は当惑したように視線をさまよわせる。手を膝に置いたり、裙《くん》の裾《すそ》をつまんでみたりと、落ち着かない。

「烏」

梟《ふくろう》が呼んだ。烏はびくりと肩を震わせる。

「俺は、おまえを救いに来た。わかるだろう。俺とおまえは、もとはひとつの泡から生まれた。俺はおまえとともに在《あ》る」

烏は目をみはり、黒々とした瞳で梟を見つめた。

「……怒っているくせに?」

「もはや、怒る気も起こらん。俺も馬鹿だ。流罪になった。おまえといるほかない」

「わたしと……」

「ふたりで」

烏は唇をあけたまま、静止した。ふいに、涙がはらりと頬を伝って、落ちた。

高峻は、烏のなかの硬く凍っていた部分が、解けるのを感じとる。そうか、と思った。

――烏が恐れるのは、『ひとり』になるということか。

巫だけが烏《からす》を知り、言葉を交わし、理解してくれる。巫がいなくなれば、心を通わせる相手はいなくなる。それがいちばん怖い。

烏は泣きつづけている。さきほどのように声をあげることもなく、ただ静かに涙をこぼしていた。

神々の孤独というものに、高峻《こうしゅん》はしばし思いを馳《は》せた。誰にも声が届かず、存在に気づいてもらうことさえできない、その恐怖に。

「――魂は」

いつのまにか烏は泣き止《や》んでいて、ぽつりと言葉を洩らした。

「海を渡り、幽宮《かくれのみや》に導かれる……そしていずれ、幽宮から回廊星河《かいろうせいが》に流れ出て、たゆたい、まどろみ、やがて新たな命となって落ちてゆく……」

烏はゆるやかに言葉を紡《つむ》ぐ。

「けれど、生を終えていない魂は、幽宮には行けない。回廊星河に引き寄せられ、流れに吞まれて、さまようしかない」

はっと、高峻は烏を見た。烏もまた、高峻を見ていた。

「この娘の魂は、回廊星河にいる」

――回廊星河。

海の上に横たわる、星々がちりばめられた空、そこには星の河がある。河から星の光が落ちて、命は生まれ変わるのだという……。

「寿雪《じゅせつ》は……そこで、さまよっているのか?」

烏《からす》はうなずいた。

「その魂を、こちらに引き戻す方法は、あるのだな?」

「ある」

烏はきっぱりと言った。寿雪をもとに戻せる——。高峻《こうしゅん》はいつになく気が逸《はや》り、鼓動が速くなった。

「その方法は?」

だが、返ってきた烏の答えに、高峻は凍りついた。

「この娘の血縁者を通じて、呼び戻す」

どこをどう歩いて戻ってきたのだか、わからない。気がつくと、高峻は内廷の一室にいた。

——寿雪の血縁者。

烏の言葉がよみがえる。

——そんなもの、いるはずがない。

欒《らん》氏の一族は、寿雪《じゅせつ》を残して皆、殺されたのだから。

高峻《こうしゅん》は、一見どうにもならないような問題でも、知恵でどうにかなることは多いと、そう思っている。寿雪の処刑を回避できたように。

だが、死者はよみがえらない。知恵でどうにかできないことは、どうにもできない。

深く暗い海の底に、沈んでゆくような心地がした。

光がない。なにも見えない。

闇に呑みこまれそうになり、高峻は椅子の背につかまる。「大家《ターチャ》」気遣《きづか》う衛青《えいせい》の声が遠い。高峻は額を押さえた。手がひどく冷たい。ふと目を下に向ければ、小几《こづくえ》の上に置かれた碁盤《ごばん》があった。石が途中まで並べられている。寿雪とすこしずつ進めていた対局だった。

——これが終わることは、ないのか。

そんな馬鹿な。

高峻の唇から、呻き声が洩れた。

衛青は高峻を寝所《しんじょ》まで送り届けると、殿舎のなかをひととおり見回る。冷たい石の床に、衛青の足音だけが響いていた。頭のなかにあるのは、高峻のことだった。高峻の顔色はひどく悪く、すこしのあいだに病み疲《や》れたようにやつれていた。高峻《こうしゅん》がなににそれほど胸を痛めているかなど、考えずともわかる。

——血縁者……。

それがいなければ、寿雪《じゅせつ》の魂は戻らない。あの体は抜け殻のまま。烏漣娘娘《うれんにゃんにゃん》が離れてしまえば、死んでしまうのだろうか。

——それでいいのではないか。

衛青《えいせい》は、そう思っている。寿雪の存在は、ないに越したことはない。高峻にとって、それがいちばんいいはずだ。

そう思うのに、心のどこかで、それでいいのか、とささやく声が聞こえる。自分は寿雪の異母兄かもしれない、寿雪を救えるのは自分しかいないかもしれない、それなのに、見殺しにするのか。それでほんとうにいいのか……。

——いいに決まっている。

強引にささやきをふり払う。それでも、小さな異物が胸に入りこんだように、その声は消えてはくれない。

息がうまくできない。どうしたらいい。誰も衛青に答えを与えてはくれない。高峻でさえ。

冬官府に到着すると、放下郎《ほうかろう》たちがそろって高峻《こうしゅん》を出迎えた。千里《せんり》の姿はない。彼は之《し》季《き》とともに、高峻の命《めい》を受けて京師《みやこ》を発《た》った。ふたりが向かったのは、界島《ジエとう》である。

高峻は放下郎の案内で冬官府の奥の棟《むね》に進み、一室に入った。ひとりの老人が、寝台の上に身を起こしている。封一行《ほういちぎょう》である。彼は結界を破ったあと倒れてしまい、それから寝ついていた。

「具合はどうだ」

「もったいないお言葉……。烏《う》妃《ひ》さまの危機にも助けになれず、ふがいないことでございます」

封はいちだんと体が痩《や》せて、小さくなったように見えた。

「そのうえ烏妃さまが、欒《らん》氏の生き残りであったとは……まさか、そのようなことが……」

目をしょぼつかせて、ほろほろと涙をこぼす。

「氷月《ひょうげつ》を見捨てた私が、いままた欒氏のひとりと巡り会っていようとは」

欒氷月は、封の愛弟子《まなでし》だった。

「……封一行。誰より巫術に詳しいそなたに、訊きたいことがある」

高峻は静かに言った。

「烏漣娘娘《うれんにゃんにゃん》が言うには、寿雪《じゅせつ》の魂はいま、回廊星河《かいろうせいが》にあるという。呼び戻すには、血縁者が必要だと。──ほかに、方法はないか？」

封《ほう》は当惑したように濡れた目をしばたたいた。

「はあ……、魂は、死者の魂であれば、招魂《しょうこん》ができます。しかし、生者の魂は、呼べぬのです。死者の魂と、生者の魂とは、おなじではないからです」

さすがに巫術のこととなると、打てば響くように返ってくる。だが、高峻《こうしゅん》の願った答えは返ってこなかった。瞳を暗くする高峻に、封は心配そうに尋ねる。

「烏妃《うひ》さまに、血縁者はいらっしゃいませんか」

「いるわけがなかろう」

高峻にしては強い口調になり、封は驚いたように目をみはった。

「欒《らん》一族の生き残りが、ほかにいるならべつだが」高峻は語気を弱め、つづけた。

「いえ、陛下……」封はおそるおそる、といった調子で言う。「烏妃さまの母方、父方、どちらが欒氏なのか存じませんが、もう片方の側の血縁者もいないのでございますか？」

「欒氏の血を引いていたのは、母親だが……父親が誰なのかは、わからない。寿雪も知らないようだった。母親は、妓女《ぎじょ》だったのだ」

封《ほう》は考えこむようにうつむいた。

「妓女だからわからない、とお決めになるのは、尚早《しょうそう》にございましょう。場合によっては、わかるやもしれません」

高峻《こうしゅん》は困惑する。「なぜだ?」

「花街《かがい》には格によって区分がございます。北曲《ほっきょく》なら客は京師《みやこ》の庶民や出稼ぎで来た者たちですが、南曲《なんきょく》であれば客は身分も財産も相応にある人々になります。それに合わせて、南曲の妓女は教養と芸が卓越していなければなりません。芸達者であれば、身請《みう》けされて家妓《かぎ》になる者もございます。烏妃《うひ》さまの母君が南曲の妓女であったなら、さがしかた如何《いかん》で、相手が見つかるやも」

「さがしかた……とは」

「名の知れた妓女であったなら、さがしやすいのですが。相手も噂話にのぼりますから。烏妃さまの母君の名前はおわかりですか?」

「処刑の記録を見れば、名はわかるが……」

「妓女としての名です」

「それは……ああ、楽戸《がくこ》を調べればわかるか」

妓女は教坊《きょうぼう》という、楽人《がくじん》や宮妓《きゅうぎ》を管理するところに登録される。登録されるような、きちんとした妓家《ぎか》にいたのであればの話だが。

「古い記録を調べねばならないから、手間取るだろうが……」

言いかけ、いや、と高峻《こうしゅん》は思い直した。

「夜明宮《やめい》の者たちなら、寿雪《じゅせつ》から聞いているかもしれない」

九九《ジウジウ》あたりが、聞いていないだろうか。

「聞いていれば、話は早い。確認してみよう。——青《せい》」

うしろをふり返ると、衛青《えいせい》は硬い表情をしていた。

「夜明宮に使いの者を」

は、と衛青は部屋の外に出ていく。高峻は封《ほう》に顔を戻した。

「名がわかったとして、そなたがどうさがすというのだ?」

「私は花街で代筆の仕事をしておりましたので、その伝手《つて》を使います」

「しかし——」高峻は封の顔を眺める。「そなたのその体では、動きまわるのは難しいだろう」

封は笑った。顔じゅうの皺《しわ》がくしゃくしゃと寄る。弱々しくも、どこか落ち着いた笑顔だった。

「いまのいままで、私のような者がおめおめと生きながらえてきたのは、このためであったと思うのです。烏妃《うひ》さまをお救いすることで、冰月《ひょうげつ》にも、魚泳《ぎょえい》どのにも、いくらか顔向けできましょう」

死に場所をようやく見つけたかのような澄み切った表情に、高峻《こうしゅん》は胸を打たれた。封《ほう》は生に執着して逃げまわっていたわけではないのだろう、と高峻は思う。どうしても生きたいと渇望《かつぼう》していたというより、死ぬのは怖い、という消極的な理由しかなかったのではないか。そしてそれは、死に直面すれば誰しもが抱く恐怖なのではないのか。

しばらくして、使いが戻ってきた。使いは、温螢《おんけい》を伴っていた。

「娘娘《ニャンニャン》の母君の名は、『鴳玉《おうぎょく》』でございます」

温螢は明確にその名を覚えていた。高峻は、ほんのわずかながら希望がつながれたのを感じる。思わずこぶしを握った。

「鴳玉……鴳玉、はて、どこかで聞いたような覚えも……」封はぶつぶつとつぶやくが、思い出せないらしい。「歳をとると、ものを覚えられなくなりましてな……若い時分に覚えたことは、忘れはせぬのですが」

「大家《ターチャ》」

温螢がひざまずいた。

「娘娘をお救いするために、どうか私もお使いください」

「温螢」衛青《えいせい》の鋭い声が飛ぶ。「それは大家が決めることであって——」高峻は軽く手をあげて衛青《えいせい》を制した。

「わかった。封《ほう》とともに花街へ行ってくれ」

すこし考え、「青《せい》も」とつけ加えた。万一、封が体調不良で倒れたら、ということを考えると、衛青もいたほうがいいだろう。

「では……」と封が寝台からおりる。よろめく封に温螢《おんけい》が思わずといった様子で駆けより、支えるが、封の足もとはおぼつかない。はたしてこれで役目を果たせるのだろうか。

高峻の心配を知ってか知らずか、封は「行ってまいります」と気負った調子で言い、部屋を出ていった。


「衛内常侍《ないじようじ》」

三人の乗った馬車が城門を出ると、それまで気配を消すように黙っていた温螢が口をひらいた。衛青は、ちらと目を向けただけで、返事をしなかった。

「なぜ、黙ってらしたのですか」

「……なんの話だ」

「娘娘《ニャンニャン》の母君の名です。この名を娘娘にお訊きになったのは、ほかでもない、あなたではありませんか」

「おまえは盗み聞きが得意だったな」

皮肉を言っても、温螢《おんけい》は動じることなく衛青《えいせい》の顔をじっと見ている。衛青は、どうして温螢を寿雪《じゅせつ》の護衛につけたのか、と己の選択を後悔していた。優秀で、疎漏《そろう》がなく、衛青の指示に忠実だったから、そうしたのだ。なにより、心根にゆがんだところがないのが好ましかった。

――だからこそ、烏妃《うひ》に傾倒してしまった。

舌打ちしたくなる。あのとき、どうして母の名など訊いてしまったのか。そばに温螢がいることを知っていたのに。

「忘れていただけだ」

「知っていながら、なぜ知らぬふりをなさるのですか」

温螢は衛青の返答をまるで無視して、問いを重ねる。

「なにを隠してらっしゃるのですか」

衛青は顔をそむけた。

「娘娘《ニャンニャン》の母君をご存じなのでしたら、父君のこともご存じなのでは――」

「知るものか」

吐き捨てると、温螢は驚いたように言葉をとめた。衛青の声も表情も、刃《やいば》のように鋭く尖《とが》っていた。馬車のなかの雰囲気が、冷たく重く張りつめる。

「ああ、思い出した」

場違いなほど明朗な声が、唐突にあがった。封《ほう》である。温螢《おんけい》が毒気を抜かれたようにそちらを向いた。

「どうかなさいましたか」

「鸚玉《おうぎょく》という名前……私が捕まったときに、妓家の鴇母《ほうぼ》が――」

言いながら、封ははっとした顔で衛青《えいせい》を見て、なにか言いかけた。衛青はすばやく封の喉を片手でつかみ、力をこめる。ぐう、と封が苦しげな声を洩らした。

「それ以上しゃべるな、老いぼれが」

封は顔をゆがめる。

「なにをなさいます！」

温螢があわてて衛青の手を封から引きはがす。封は激しく咳《せ》きこみ、温螢が介抱《かいほう》する。

温螢は非難の目を衛青に向けた。

「どういうおつもりですか。大家《ターチャ》のご命令を妨害なさるのですか、あなたが」

衛青の部下らしく、温螢の口調は冷ややかで、皮肉に満ちていた。だが、青ざめた顔をして、肩で息をしている衛青に、彼の表情はけげんなものに変わる。

「どうなさったというんです、いったい」

そんなことは、こちらが訊きたい。衛青《えいせい》は両手で顔を覆い、うなだれた。冷静でいられない。いますぐ封《ほう》を殺してしまいたい。

「お、鶲玉《おうぎょく》は……このかたの母君から、身請けの話もあった得意客を奪った妓女で……」

封がむせながらも話しだす。

「黙れ」

衛青が鋭い声を放つと、封はおびえたようにいったん口を閉じる。が、きっと衛青をにらみつけ、「黙りませぬ」と声を震わせた。

「黙れ」

再度言って、衛青は顔をあげた。

「烏妃《うひ》の——あの娘の父親は、もういない。死んでいる。どこかの妓女に刺されたらしい。ろくでなしだ。俺もそうなんだろう。その血を引いてるんだから」

温螢《おんけい》が、一瞬、固まった。

「そ——それでは」

「確証はない。違うかもしれない。だが、父親がおなじだったとして、だからなんだ。俺は協力などしない」

「もとに戻らぬほうが大家《ターチャ》のためだ。あの娘の存在は、禁忌でしかない。大家のためには、そのほうがいいんだ」

「衛《えい》内常侍」

「……衛内常侍」

青白い顔の衛青《えいせい》に、温螢《おんけい》が冷静な声をかける。

「あなたはどうなのですか」

「なに？」

問いの意味がわからず、衛青は眉をひそめる。

「大家のためでなかったら、あなたは、どうなさっていましたか」

温螢はゆっくりと、言い直した。

「ご自身のお気持ちは、どうなのですか？　大家を言い訳になさらず、ご自身のお気持ちを考えてみてはいかがですか」

「言い訳だと」

「大家を言い訳にして、なにひとつ、あなた自身がどうなさりたいのか、おっしゃっていないではありませんか」

衛青は、言葉につまった。

——俺自身が、どうしたいのか、だと？

「そんなもの——」

衛青《えいせい》の行動はすべて高峻《こうしゅん》のためであり、それ以外の理由で動くことなどない。だから、己の気持ちなど、関係ない。高峻のためになるか、ならないか。衛青にとっては、それがすべてだ。

「迷っておいでだ」

そう言ったのは、封《ほう》だった。

「あなたは迷っている。そうでしょう。いままで、そんなことがありましたか。陛下のためであるなら、なぜ迷うのですか」

「うるさい」

衛青は苛立ち、封の枯れ木のような首を締めあげてしまいたくなる。なぜ、これほどまでに苛立つのか。

温螢《おんけい》と封の言葉が、根幹を突いているからだ。衛青の揺らぐ心の根幹を。

——迷う理由も、悩む必要もなかった。本来なら。

それなのに、ずっと迷っていた。迷いを覆い隠したいがために、切り捨てるのが当然だと思ってきた。言い聞かせていた。

なぜ迷うのか。迷いの奥にあるものは、なんなのか。

ほんとうは、とうにわかっている。それを認めざるを得ないことに、衛青《えいせい》は唇を嚙んだ。

——あの娘を、助けたい。

激しい嵐のなかにあっても、消えそうで消えない、ほのかな火明《ほあ》かりのような想いが、ずっと胸にある。わずかにつながる、血の縁。それがほんものなら、父母もなく、子を生《な》すこともない衛青にとって、寿雪《じゅせつ》はただひとりの存在になる——なってしまう。それは、衛青にとっての高峻《こうしゅん》とは、またべつの存在だ。

だからこそ、認めたくなかった。

衛青は目を閉じ、沈黙する。蹄《ひづめ》と車輪の音がうるさく響き、振動に体が揺れる。肩も膝も揺れている。衛青は、己の肉体というものを、ひさしぶりに感じとった。己の血も、肉体も、長らく考えずにいた。忌《い》まわしかったからだ。清らかな精神だけが欲しかった。だが、肉体はここにあり、この内側には血が通っている。それが尊《とうと》いことだと、どうしてだか衛青はこのときはじめて、思えた。

目をあけると同時に、衛青は温螢《おんけい》に告げた。

「馬車をとめて、宮城へ戻せ」

その指示に、温螢は戸惑《とまど》っている。「花街へは——」

「行く必要はない。鴛玉《おうぎょく》のいた妓家は処刑時につぶされて、そこにいた者たちも処罰されて京師《みやこ》を追われている。烏妃《うひ》の父が誰なのかは、もはやしかと確かめようがない。俺が腹違いの兄でないなら、ほかに道はないだろう」

温螢《おんけい》が驚いたように目をみはった。「衛《えい》内常侍、それでは……」

「俺は、大家《ターチャ》に許しを乞《こ》わねばならない」

衛青《えいせい》はつぶやき、己の手のひらに目を落とした。そこになにが見えるわけでもない。この身のうちに流れる血が、寿雪《じゅせつ》につながっているかもしれないということが、不思議だった。

宮城に戻ると、衛青は高峻《こうしゅん》のいる内廷へとまっすぐ向かった。

「ずいぶん早かったな」

搨《とう》に座って書簡を広げていた高峻は、けげんそうに衛青を見た。高峻の姿を目にしたとたん、衛青はその場にくずおれるようにしてひざまずいた。

驚いた高峻はなにか言いかけたが、すぐに口を閉じる。立ちあがって衛青のもとにやってくると、あまつさえ膝までついた。彼にこんな真似をさせてはいけない、と思うものの、衛青は言葉が出なかった。泣いていたからだ。

高峻《こうしゅん》のためと言いながら、その実、衛青《えいせい》は高峻をあざむいていたも同然だった。高峻がほんとうに望むものを知っていながら、己の心から目をそむけるために、黙っていた。

高峻に絶望を与えたのは、衛青だ。

それをなにより詫《わ》びねばならなかった。

「黙っていたことが……ございます」

声をしぼりだす衛青を、高峻はなにも言わずただ眺めていた。肩に手が置かれる。あたたかな手だった。

かつて、少年宦官だった衛青が師父《しふ》の虐待から逃れ、高峻のもとに飛びこんだときも、やはりこうだったのを思い出す。高峻は問いただすでもなくただ静かに、傷だらけの衛青の肩に、手を置いたのだ。

あのときも、高峻の手は、あたたかかった。

冬の咎《とが》人《びと》

寿雪《じゅせつ》は暗闇のなかで目覚めた。

全身が水に浸《つ》かっている。水だ、と思ったのは、肌への感触からだったが、不思議と冷たくはなかった。

水は流れている。どうやら川に身を横たえているようだった。川は浅く、体の半分は水面の上に出ている。辺りは一面、暗い。ただ、わずかに川面《かわも》が淡い光を放っている。寿雪は水底に手をつき、身を起こした。

――螢《ほたる》が流れている。

と、そう思った。暗い川を、たくさんの光の塊《かたまり》が、揺れながら沈みながら、ゆっくりと流れてゆく。ほのかな光は、消えそうで消えない。

寿雪は光に手を伸ばしてみた。近くで見る光は、青みがかっている。指が光に触れた。と、光はするりと寿雪の手を通り抜け、流れていった。熱くもなく、冷たくもなく、なんの感触もなかった。光が流れてゆくさきを見ても、広々とした川と暗い空がつづくばかりで、なにもない。辺り一帯、どこまでも川だった。

ふと、寿雪は川のせせらぎがまったく聞こえないことに気づいた。風もなく、泳ぐ魚もなく、鳥の鳴き声や虫の音《ね》も皆無だ。

――こんな川が、あるだろうか。

そもそもここは、いったいどこだ。わたしはどうなった？　そうだ、烏妃《うひ》たちの骸《むくろ》が……。

なにが起こったのか、思い出した。

――わたしは、死んだのか？

寿雪《じゅせつ》は手のひらを見つめる。川に浸かっていたのに、濡れた様子はない。こぶしを握っても、力がこもらない。体はここにあるのに、実感が伴わないような、不思議な感覚だった。

寿雪は辺りを眺めた。死後、行き着くさきとは、こういうところなのだろうか。こんな寂寞《せきばく》とした暗い川が。

「あれを見よ」

ふいに背後で声がして、寿雪は驚いてふり向く。黒い衣《ころも》をまとった小柄な少女が、すぐうしろに立っていた。少女は青白い顔をして、ひどく痩《や》せているせいで、目だけが異様に大きく見える。唇は乾いて白くなっていた。

少女は、前方を指さしている。その手を見て、寿雪はぎょっとした。少女の指はいずれも半ばほどから欠け、血が滴《したた》っていた。

「星が落ちて、またひとつ、命が生まれる」

その言葉に、寿雪《じゅせつ》は少女の指さすさきを見る。川を流れる淡い光が、ゆらゆらと揺れながら、水面《みなも》に沈んでいった。

「ほら、あれも――」

少女はべつの光を指さす。それもやはり、揺らいで沈む。よく見ていると、そんな光がいくつもあった。

「神の宮に導かれた魂は、この川に押し流され、洗われ、巡り、いずれ新たな命となって生まれ落ちる」

少女の声は透き通り、細く、淡く、いまにも消えそうだった。

「わたしはそれを、ずっと、ずっと、ただ眺めているだけ……」

少女は手をおろすと、寿雪のほうに目を向けた。木の洞《うろ》のような、暗くからっぽな目をしていた。

「おまえ、わたしの結界を破ったね」

声がどろりと澱《よど》み、瞳が翳《かげ》を増した。

寿雪は、思わず少女につかみかかり、押し倒していた。水が跳ねて、飛び散る。

「――香薔《こうしょう》！」

この少女が香薔だという、確信めいたものが身を貫《つらぬ》いていた。どうして香薔が目の前にいるのか、そんなことは知らない。ただ、香薔《こうしょう》に対する怒りと憎しみが胸のうちで一瞬にして膨《ふく》れあがり、爆《は》ぜたのだった。

香薔は押し倒されても表情ひとつ変わらず、からっぽな瞳にも変化はなかった。

「晁華《ちょうか》にがっかりされる。晁華に嫌われたら、おまえのせいだから」

「晁華？」

「わたしに名前をくれたひと」

「——欒夕《らんゆう》のことか？」

香薔は、ぴくりと眉をよせた。「その名は、簡単に口にしてはいけないの」

「諱《いみな》だからか。晁華は、欒夕の字《あざな》か」

香薔は不愉快そうな顔で寿雪《じゆせつ》を見あげている。不愉快なのはこちらだ、と寿雪は苛立《いらだ》ち、つかんだ衿《えり》を揺さぶった。

「なにがわたしのせいだ、すべて——すべて、おぬしのせいだ」

烏《からす》を烏妃《うひ》に閉じこめたことも、烏妃を閉じこめた結界も。寿雪の苦しみはすべて、香薔のせいだった。

言葉に尽くせぬ怒りが湧きあがってくる。烏妃たちの苦しみ、麗娘《れいじょう》の苦しみ、そして慈《いつく》しみ。

「麗娘《れいじよう》……」

寿雪《じゆせつ》は呻《うめ》くようにつぶやき、香薔《こうしよう》の衿から手を離した。香薔を責め立てたところで、麗娘の苦しみがいまさら消えるわけではないことを思うと、空《むな》しくなった。

「おぬしは……なにゆえ、烏《からす》を閉じこめた？　なにゆえ、烏妃《うひ》を閉じこめたのだ？」

香薔はけげんそうに寿雪を見る。

「逃がさないためよ。鳥でも虫でも、閉じこめておかないと逃げてしまうじゃないの」

こともなげにそう答える。寿雪はしばし、言葉につまった。

「意思を考えぬのか。心は――」

ひとをなんだと思っているのか、この少女は。寿雪はまじまじと香薔を眺めた。

「逃げたら、晁華《ちようか》が困るもの。わたしは逃げないけど、わたしのあとはわからないから、閉じこめておかないと、しようがないわ。晁華がくれた鳥だって、鳥籠《とりかご》に入れずにいたら、飛んでいってしまった。鳥は鳥籠に入れておくものだって、晁華が言ったのよ。晁華が――」

「晁華が、指を落として結界を作れと言うたか」

香薔は黙った。

「晁華が、烏をその身に閉じこめ、新月の晩ごと苦しめと言うたか。禁術を用いて、烏妃の骸を道具として使えと命じたか」

「……」香薔《こうしょう》は苛立ったように呻き声を洩《も》らした。寿雪《じゅせつ》をにらみつけている。

「晁華《ちょうか》みたいなことを言わないで」

「なに?」

「晁華のためにしているのに、そんなことは頼んでいないって、あのひと、ちっとも褒《ほ》めてくれない。嘘よ。ほんとうはそれを望んでいるのに、そうは言えないだけ。わたしはわかっているから、言われなくたって、やってあげるの。あのひとは、命令なんてしないから。わたしはもう奴隷じゃないんだから、命令なんて聞かなくていいし、俺も命令なんて絶対しないって、あのひとが言ったのよ」

か細い声でつぶやきながら、香薔は頭をふり、視線をさまよわせる。いらいらとしているようにも見えた。

寿雪は、香薔がいったい何歳ぐらいなのだか、急にわからなくなった。最初こそ、おない歳くらいの少女かと見えたが、いまは老婆のようにも見え、四十くらいの病《や》み疲れた女にも見えた。瞳は少女のようであるのに、皮膚《ひふ》はかさつき、たるみ、ひび割れている。

「うう、うう」と香薔が呻いて体を右に、左にと揺する。寿雪は思わず彼女の上から退《ど》いた。香薔は身を起こし、ふらふらと立ちあがる。

「禁術まで使って、わたし、神さまたちからも疎《うと》まれて、幽宮《かくれのみや》にも入れてもらえなかった。だから、ここにいるしかない。ここでさまようしかない。体さえ塩漬けにされてなかったら、晁華《ちょうか》のもとに戻ったのに……」

死後、香薔《こうしょう》の体は醢《かい》にされたという。よみがえりを恐れた欒夕《らんゆう》によって。

「晁華……」

香薔の手は黒衣の袖《そで》に隠されているが、ゆらゆらと揺れるたび、血が滴る。まるで涙のように見えた。

この女の頭のなかには、晁華しかいないのだ、と寿雪《じゅせつ》は思った。そのほかの者たちは、路傍《ろぼう》の石と変わらない。烏妃《うひ》たちの怨嗟《えんさ》も苦痛もかなしみも、どれだけ訴えたところで香薔には伝わらないだろう。石塊《いしくれ》に心があるなどと、香薔は理解しない。

――だから、なにも見えていないのだ。

晁華がなにを見ていたのかさえ、香薔はわかっていないのだろう。

縹渺《ひょうびょう》たる暗い川を、香薔はあてどなく歩いてゆく。これまでも、このさきも、彼女は永遠にさまよいつづけるのだろうか。それが彼女への罰なのだろうか。

「晁華がわたしを助けてくれるまで……わたしはわたしじゃなかった……」

ささやくような香薔の声は、せせらぎもないなかでは、澄んだ鈴の音《ね》のように明瞭《めいりょう》に響いた。

「父が盗みを働いて、捕まって、母とわたしも奴隷に落とされた……そうなったら、赦令《しゃれい》が出ないかぎり、奴隷のまま。来る日も来る日も、杵《きね》で籾米《もみごめ》を搗《つ》いて……手の皮が破れても、肉刺《まめ》がつぶれても、ずっと……。知ってる？　罪人は、赤い衣を着るの。赤い衣を着て、朝から晩まで延々と杵を搗くのよ。搗いても搗いても、終わらない……烏《からす》だけが、わたしの話し相手だった」

「烏――」

香薔《こうしょう》は立ち止まり、ふり返った。

「夜になるとね、暗がりのなかから聞こえるの。わたしを呼ぶの。その声はわたしにしか聞こえなかった。烏はとても喜んでた。話し相手ができたから。わたしも……わたしも、そう、うれしかった……」

思い出したようにそう言って、香薔は視線を落とす。

「でも、晁華《ちょうか》が……晁華が来てくれたから。助けてくれたから。わたしは、晁華のいちばん大事なひとになったから、わたしも、晁華がいちばん大事。どれだけきれいなお妃《きさき》さまがいても、子供ができても、結局、晁華が失えないのはわたしだけ。代わりがいないのは、わたしだけ……なにをしたって、晁華は最後にはわたしを許してくれたし、わたしも晁華を許した」

ふふ、と思い出したように香薔《こうしょう》は笑った。なにをしたのだろう——と、聞きながら寿雪《じゅせつ》は思ったが、あえて尋《たず》ねたくはない。

「だから、わたしは晁華《ちょうか》がなにをしたってぜんぶ許すの。だって、どれだけわたしを嫌ったって、どれだけわたしを恐れたって、あのひとはわたしから離れられないんだもの」

気づくと、香薔は目の前にいた。寿雪が驚いて身を引くと、香薔は手を伸ばし、寿雪の腕をつかんだ。半ば欠けた指が腕にくいこむ。痛くないのだろうか。傷口からはまだ血が噴き、滴っている。

「わたしが晁華の頼みを聞かなかったことなんて一度もなかったのに、あのひとはなんだって、あんなにわたしを恐れたのかしら。巫術師《ふじゅつし》を集めて、鼇《ごう》の神なんかの御殿《ごてん》を造って、あげく、わたしの屍《しかばね》を塩漬けにして……あのひとのためにさんざん無茶をして、指まで落として、その傷がもとで死んだのに……そのわたしの屍を……」

香薔の目は炯々《けいけい》と異様な光をたたえ、肉の削《そ》げ落ちた顔は髑髏《どくろ》のようだった。

——晁華が恐れたのも、無理はない。

彼が恐れたのは、この前後を顧《かえり》みない一途《いちず》さだろう。晁華とて、己《おのれ》の利になればなんでもいいと思うわけがなかろうし、そもそも晁華の利ではなく、あくまで香薔の考える晁華の利だ。

香薔《こうしょう》は雛《ひな》が親鳥のあとを追うように、自分を助けてくれた晁華《ちょうか》をひたすら慕《した》い、尽くしたのだろう。香薔にとっては、晁華こそが神であったのかもしれない。そんなふうに崇《あが》められるほうは、たまったものではないというのに。

「しようのないひと……あんなに強いひとだったのに……出会ったころの晁華は、怖いものなんてなんにもなかった……」

香薔の瞳には寿雪《じゅせつ》が映っているが、彼女は寿雪を見てはいない。寿雪はあとずさり、香薔の手をふりほどいた。

──埒《らち》もない世迷《よま》い言《ごと》につきあっている暇《ひま》はない。

寿雪は周囲を見まわす。香薔の言葉からすると、ここは回廊星河《かいろうせいが》なのではないか。香薔は幽宮《かくれのみや》の神々に拒絶されて、ここをさまよっている。では、わたしは。

「おまえは死んでないから、魂が幽宮に導かれないの」

寿雪の思考を読みとったように、香薔が言った。

「血縁者が呼んでくれないかぎり、おまえは帰れない。わたしのように、さまよいつづけるしかないわ」

血縁者。

——そんなもの、いるわけがない……。

寿雪《じゅせつ》は、指先から体が冷えてゆくのがわかった。さまよいつづける？　香薔《こうしょう》のように、永遠に？

ふたたび、香薔の手が伸び、寿雪の手首をつかんだ。

「おまえ、晁華《ちょうか》の血を引いているね」

香薔の口が、ぱっくりとひらいた。笑ったのだと、すこしして気づいた。なんと禍々《まがまが》しい笑みか。

「だったら、いっしょにいよう」

つかまれた手首がきしむ。血がぬるりと手のひらを伝って落ちる。肌が粟立《あわだ》ち、寿雪は香薔の手を必死にふりほどいた。香薔の手はあっけなく離れて、体が傾《かし》ぐ。寿雪は身を翻《ひるがえ》し、その場から逃げだした。

「ここはね、新しい命が生まれるところだから……」

香薔の声が追いかけてくる。かすかなのに、透き通り、はっきりと耳に突き刺さる。

「晁華の生まれ変わった命も、いつか流れてくる」

はしゃぐような、うれしげな声だった。

「きっと、わたしにはわかる。だから、見つけたら、つかまえて、二度と離さない」

高らかな笑い声が響き渡る。いつまでも、いつまでも。鳥の鳴き声のようだった。笑い声は長く尾を引き、寿雪《じゅせつ》の体にまとわりついてくる。寿雪はもう、うしろをふり返ることはできなかった。全身が冷たく凍《こご》えているのに、汗がにじんでいる。震えがとまらない。これが長きにわたり烏妃《うひ》を、烏《からす》を縛りつけてきた女の底知れぬ執着なのだと、まざまざと感じた。

ふいに、足が泥に沈むような感覚があった。あっ、と思ったときには、脛《すね》まで沈みこんでいた。川が底なし沼になったようで、足を引き抜こうにも、びくともしない。それどころか、さらに深く沈んでゆく。

寿雪はもがいた。しかし、もがけばもがくほど、泥に沈んでしまう。気づけば腰まで浸かっていた。

——溺《おぼ》れる。

このままでは、水底に沈んで溺れてしまう。いや、さらに沈んでいったら、溺れるどころではない。泥で窒息《ちっそく》する。

手が水をかく。水が跳ね散るばかりで、体が浮きあがるわけではない。ついに顔が川面に出るばかりになり、水が頬にかかり、口に入ってくる。

——死ぬのだろうか。

こういう場合も、死ぬと言うのだろうか。

頭が水に沈む。水のなかは、暗かった。なにも見えない。脳裏に浮かんだのは、ひとりの青年の顔だった。声が出ないのに、彼の名を叫んだ。

「高峻《こうしゅん》」

名を呼んでほしい、と思った。いつでも、寿雪《じゅせつ》を不思議な心地にさせたのは、彼の声だった。

高峻が呼んだなら、どこへでも行くのに。

寿雪は目を閉じて、手を伸ばした。下へ、下へと沈んでいるはずなのに、上へと昇っているような気がした。上も、下もわからない。体の輪郭《りんかく》がわからない。手は、足はどこなのか。動かせない。体が溶けて、消えてゆくようだった。すべて消えてしまう。己の名前さえ、薄れてゆく。

声が聞こえる。暗闇のなか、声だけが。

「寿雪……寿雪」

名を呼ぶ声。静かで、穏やかな、聞き覚えのある声だ。ひんやりとしたなかで、そこだけ淡くやわらかな陽《ひ》が落ちているような、ひっそりとあたたかな……。

——そうだ、わたしの名は、寿雪だ。

溶けていた心の芯《しん》が、形を取り戻した。体の輪郭を思い出す。指が動く。睫毛《まつげ》が震えるのを感じる。

寿雪《じゅせつ》は目をあけた。


「寿雪」

まず目に入ったのは、高峻《こうしゅん》の顔だった。寿雪をのぞきこんでいる。高峻の表情は驚いているように思えたが、あまり表情の変わらない青年なので、よくわからない。寿雪は何度か目をまたたき、ゆっくりと周囲を見まわした。

──夜明宮《やめいきゅう》か。

寝台に寝かされている。まわりには九九《ジウジウ》をはじめ、温螢《おんけい》に淡海《たんかい》、紅翹《こうぎょう》がいた。衣斯哈《イシハ》はいない。そして、寝台のすぐそばには衛青《えいせい》がいる。いるだけではなく、衛青は寿雪の手を握っていた。いったい何事だろう、と寿雪はいろんな疑問がすべて吹き飛ぶほど、驚いた。

寿雪の驚きを察してか、衛青は不愉快そうに眉をひそめ、「お戻りになったようですね」と手を離した。

「寿雪、わかるか？」

高峻に問われ、

「なにがだ、わからぬ」

と困惑《こんわく》したまま答えた。が、高峻《こうしゅん》はなぜかそれで納得した様子でうなずいた。

「いや、これはどういうことだ？　わたしは――」

「香薔《こうしょう》の結界と禁術を破ったあと、そなたの心ははじけ飛んでしまったのだと、梟《ふくろう》は言った」

「梟……」

「それを、烏《からす》が術で呼び戻してくれた。青《せい》の協力のもと」

「烏が――、え？　衛青《えいせい》？」

高峻は衛青に視線を向けるが、衛青は不愉快そうな顔をしたまま、黙っている。寿雪は額《ひたい》を押さえ、天井を見あげた。記憶をたどる。

――わたしは、香薔とともに回廊星河《かいろうせいが》にいた。

香薔は、たしか、血縁者が呼ばぬかぎり、帰れないと言っていなかったか。

「わたしは……回廊星河で、香薔と会った。血縁者が呼ばぬと、そこからは帰れぬと……」

衛青が舌打ちした。寿雪は彼のほうに顔を向ける。

「いま、舌打ちしたのか」

衛青は答えない。

「いつぞや、おぬしは、わたしの母の名を訊《き》いたことがあったな。不思議に思うておったが」

「……私の母も妓女《ぎじょ》でした」

衛青《えいせい》はかなり不服そうな顔で口をひらき、そう言った。

「身請《みう》けしてくれるはずの男に捨てられて、自害しました。その男が私の父です。あなたの父も、そのろくでなしですよ」

寿雪《じゅせつ》は衛青の話を頭のなかで咀嚼《そしゃく》する。

「わたしは、父を知らぬが」

「あなたが知らずとも、現にそうだったんだから、しかたないでしょう」

衛青はいらいらしたように言った。

血縁者でないと、回廊星河《かいろうせいが》からは呼び戻せない——ならば、やはり、そうなのか。寿雪は信じられないものを見る目で衛青を見た。衛青はますます不愉快そうな顔になる。そこまでいやそうな顔をせずともよいのではないか、と思った。寿雪はまだ事実を受けとめきれていないが、意地でも認めたくない気分になる。

「目的は達したのですから、この話はもうやめにしましょう。どうせ母親は違うんですし、兄妹《きょうだい》ごっこをするつもりもありませんし」

衛青《えいせい》が言うので、寿雪《じゅせつ》も「そうだな」と同意した。

「それで」寿雪は寝台に手をついて身を起こした。九九《ジウジウ》が手を貸してくれる。まだ体と心が馴染《なじ》みきっていないのか、力がうまく入らなかった。しばらく手を握ったりひらいたりしていると、感覚が戻ってくる。

「それで、烏《からす》は？　呼び戻してくれたということは、対話ができたのか」

「そなたの心が留守のあいだは、烏が代わりにその身を使っていた。話も聞けた」

寿雪は体を見おろす。代わりに使っていたとは、どんなふうだったのか。

「半身を見つけると約束した」

「そうか」

寿雪は両の手のひらを眺める。烏はいま、寿雪のなかにいるのだろう。封一行《ほういちぎょう》は、烏妃《うひ》は烏の巫婆《みこ》なのだから対話ができるのでは、と言っていたが、どうやればいいのか、寿雪にはやはりわからない。

「半身さがしについては、千里《せんり》と之季《しき》を界島《ジエとう》へ向かわせた」

「千里まで？」

「伝承については、千里が詳しい」

「それはそうだが」

千里《せんり》は病弱だ。冬の海風にあたるのは、体によくないのではないだろうか。

「それから、そなたが欒《らん》氏の生き残りであることが露見《ろけん》した」

高峻《こうしゅん》はいつもながら淡々と告げたので、寿雪《じゅせつ》は理解が遅れた。

「――なに？」

「そなたは覚えていないだろうが、大勢がその髪を見ている」

寿雪は髪に手をやる。髻《たぶさ》はほどかれており、垂れた髪を手にとると、白銀だった。血の気《け》が引く。が、高峻はなんでもないように言葉をつづけた。

「それについて朝廷の結論はもう出ている。そなたへの処罰はない。新たに使職《ししょく》を設《もう》け、その任についてもらう。祭祀《さいし》を司《つかさど》る使《し》、祀典使《してんし》だ」

あまりにも簡単に話をすませるので、寿雪はぽかんとした。高峻の表情は変わらず、涼しい顔をしている。寿雪はその顔を食い入るように見つめた。

――そんな簡単にすんだ話では、なかったろう。

あっさりと告げる、その口調のとおりに進んだことではなかったはずだ。いったい、高峻がどれほど知恵を絞り、力を尽くし、心を砕いたか。そして、どれだけ多くのひとが協力してくれたか。

そのとほうもない労苦を思い、寿雪は言葉が出なかった。

「千里《せんり》や行徳《ぎようとく》の弁舌《べんぜつ》にずいぶん助けられた。花娘《かじよう》たちにも」

「……そうか……」

「もちろん、青《せい》にも」

「私は大家《ターチャ》のために働いただけですので」と衛青《えいせい》がそっけなく言った。高峻《こうしゆん》は苦笑する。

「……礼を言わねばならぬな」

「ああ。千里には文《ふみ》でも――」

「いや……」

喉《のど》がつかえて、声がうまく出てこない。

「おぬしに」

高峻は口を閉じ、寿雪《じゆせつ》を見つめた。

「礼には及ばない。そなたのためだけではないのだから」

いつもの調子で言うが、すこし迷うように視線を外した。「ただ……」

「ただ?」

「対局が途中だ」

「対局――ああ」

文などですこしずつ、やりとりしていた碁《ご》の対局か。

「つづきを、やろう」

言いかたがわからない子供のように、高峻《こうしゅん》は言った。高峻は自分自身の希望を口にするということがないので、たぶん、ほんとうに言いかたがわからないのだろう。

「ああ」

寿雪《じゅせつ》もこういうときの物言いが、わからない。

「わかった」

とだけ言い、うなずく。

高峻は目もとをやわらげ、かすかな笑みを浮かべた。

＊

耳もとを強い潮風が吹き抜けてゆく。白雷《はくらい》は岬《みさき》に立ち、沖合を眺めていた。波は荒れている。船はいずれも港に停泊したままで、出港の準備をしているものはない。下手《へた》に船を出して難破《なんぱ》しては、たまらないからだ。航海に適した風が吹くまで、船は港で何日でも待たねばならない。港町の妓楼《ぎろう》は水手《かこ》（船員のこと）たちでさぞ賑《にぎ》わっていることだろう。

「おじさん」

少年の声にふり返る。衣斯哈《イシハ》が薬草を手に立っていた。

「黄連《おうれん》って、これでいいの？」

黄連は、その根茎《こんけい》が生薬《しょうやく》になる。胃腸薬である。ほかにも止血剤になったり、消炎作用があったりする。

「そうだ。根を掘り起こせ」

「わかった」と衣斯哈は素直にうなずく。

衣斯哈は麻《あさ》の上衣の腰を荒縄で縛り、短袴《たんこ》を穿《は》いている。海燕子《ハイイエンヅ》の装束《しょうぞく》だ。

「阿兪拉《アユラ》は？」

と訊けば、衣斯哈は岬の下、浜辺のほうを指さした。

「貝殻《かいがら》を集めてる」

白雷《はくらい》はため息をついた。

「この辺りで貝殻を拾ったって、金になりはしない」

そう何度も言っているのだが。

「阿兪拉はきれいな貝殻を見つけるのがうまいから、子供たちが喜んでるよ」

「薬草を集めたほうが、彼らのためになる」

「僕がやるよ」

衣斯哈《イシハ》は、まめまめしい。阿俞拉のぶんまで、よく働く。衣斯哈と阿俞拉は、まるで弟と姉のようだった。よく気のつく、働き者の弟と、ぼんやりとした姉だ。

薬草籠を背負い、白雷《はくらい》と衣斯哈は山をおりる。浜辺は切り立った崖の下にあり、崖には、海食でできた窟《いわや》がいくつもある。それらの入り口には、蓆《むしろ》がかけられていた。白雷は蓆をめくり、窟のひとつに入る。なかにはたくさんの甕《かめ》や籠が並び、奥で少年が座ってすりこぎを動かしている。すり鉢《ばち》ですっているのは、薬草だ。少年は顔をあげた。

「あった？」

「うん」衣斯哈は薬草籠を背中からおろし、少年のほうへと近づく。少年は籠から黄連をとりだし、確認すると、「こっちの籠に入れといて」とうしろにあった籠を衣斯哈にさしだした。黄連は細かな根をとりのぞいて、乾かさなくてはならない。

「海はどうだった？」

この問いに答えたのは、白雷だ。「もう二、三日はだめだろう。船も出ていない」

「いつもはこの時季、界島《ジエ》辺りがいちばん凪《な》いでるのになあ。漁に出られないんじゃ、薬を作るしかねえや」

少年は、渡り鳥のように漁場を移動する漂海民、海燕子《ハイイエンツ》だ。ふだんは海上に小屋を建てて生活しているが、界島のように大きな船が盛んに行き交う港では、陸地にあがる。こうした窟をすみかにしている。

少年の一族は、蛇古族《だこぞく》といった。少年は、以前、袋だたきにあっているのを白雷《はくらい》が助けてやった子供だった。名を那它利《ナタリ》という。

誰とどこでどう再会するか、わからないものである。

隠娘《いんじよう》——阿兪拉《アユラ》と衣斯哈《イシハ》は、鰲枝殿《ごうしでん》から攫《さら》われたあと、京師《みやこ》付近の川辺に引っかかっているところを、白雷が見つけた。鼇《ごう》の神は河や池、海など大量の水を媒介《ばいかい》とするので、白雷はふたりが連れ去られたさきを水辺だろうと見当をつけて、さがしていたのだ。

そこには羽衣《うい》もいた。鼇の神の使い部《べ》である。彼は白雷たちに、界島《ジエ》へ向かうよう告げた。それが鼇の神の命令だと。白雷は阿兪拉と衣斯哈をつれて、界島へ渡った。そこで、那它利と再会したのだった。

白雷が那它利の恩人であったおかげで、三人はいま、蛇古族の厄介になっている。衣斯哈は当初、烏妃《うひ》のもとに帰りたがったが、それをさせないものがあった。

鼇の神の命令である。

「神さまが、烏《からす》の半身を見つけろ、って言うの。この海に沈んでいるはずだから——って」

阿兪拉は、鼇の神の言葉をそう伝えてきた。

「できなかったら、わたしも、衣斯哈《イシハ》も、食らってやる、って……」

追い詰められているのだな、と白雷《はくらい》は思った。おそらく烏《からす》の矢に射られて、傷を負っているのではないか。だが、だからこそ危険なのだ。手負いの獣が、最も危ない。

白雷は、いま、なにをするかわからない野獣を飼っているようなものだった。

——食われるのは、俺なのではないか。

そんな気が、している。

海より来《きた》りて

「烏妃《うひ》さまが目を覚まされたとか」

弧矢宮《こしきゅう》で高峻《こうしゅん》と向かい合い、羊舌慈恵《ようぜつじけい》が言った。

「よろしゅうございましたな」

「ああ」高峻は言葉すくなにうなずく。

「なんにしても儂《わし》は役立たずで、情けないことです」

「いや。むしろ朝議《ちょうぎ》の場ではよくこらえてくれた」

慈恵が寿雪《じゅせつ》の助命嘆願をすれば、明允《めいいん》は引き下がらなかっただろう。しかし、だからといってなにも言わずにいるのは、もどかしかったに違いない。

高峻の言葉に、慈恵は苦い微笑を見せた。

「あと数日で、北の辺境にも噂《うわさ》は届くでしょうな」

「雪は妨《さまた》げにはならぬか」

「妨げにはなりましょうが、まったく情報が届かぬわけではございません。塩やら毛皮やらの売り買いがございますからな」

欒《らん》氏は、直接には北辺《ほくへん》山脈の出だ。したがって、その地域には欒王朝贔屓《びいき》の部族が多い。そこに今回の件が伝わったとき、どんな反応を示すか、注視しなくてはならなかった。

「あちらの官府《かんぷ》や節度使《せつどし》に、警戒するよう命じてはいるが……」

雪に閉ざされた山深い地域の実情をさぐるのは、難しい。

「北辺山脈は、昔から羊舌《ようぜつ》と関係の深い地域です。製塩のために、あの山々の木を薪《まき》にしますのでな。昔は、春を迎えると、雪解け水の流れる川に伐採《ばっさい》した木をつぎつぎに流し、解州《かいしゅう》の海まで運んでいたものです。いまは船を使いますが。その見返りに、彼らは山ではとれぬ塩を手に入れる。北辺山脈の部族とは、ずっとそうやってつきあってきました」

持ちつ持たれつの関係ですな、と慈恵《じけい》は言う。

「厄介なのは、部族がひとつではないことです。儂とつきあいのあるのは一、二の部族のみで、彼らは陛下が洞《どう》州の蹈鞴衆《たたらしゅう》を抑えてくださっていることに恩義を感じております。しかし、それ以外の部族については、知らぬことのほうが多い。敵対していると思えば裏で手を組んでいたり、あるいはその逆もある」

厄介です、と慈恵はくり返した。部族が違えば、狩猟のなわばりや、山林の所有でも揉《も》める。彼らは話し合いで妥協《だきょう》するよりは、闘争で相手を屈服させ、配下にして、部族の力を広げてゆくことのほうが多かった。それをくり返してゆくと、強い部族がいくつか残る。強い部族同士は、下手《へた》に争うことはない。通婚で表面上は友好を保っている。が、実のところはわからないし、表向き敵対している部族が、陰では情報をうまくやりとりしていることもある。そうやってわかりにくくすることで、おたがいを牽制《けんせい》しているのである。さらにそれは、外部から彼らの実態を見えにくくもしていた。

そんなことを、慈恵《じけい》は語った。

「陛下は、反乱にいちばん必要なものはなにか、ご存じですか」

尋《たず》ねるというより、確認する調子で慈恵が言った。

「金だろう」

高峻《こうしゅん》が答えると、慈恵は深くうなずく。

「仲間を集めるのは、さほど難しくはないものです。熱狂さえあればいい。ですがそれも、金がなくばつづかない。武器を調達するにも、食糧を得るにも、莫大《ばくだい》な金がいる。しかもそれを維持しつづけなくてはならない。したがって、富裕な商人や豪族が後ろ盾《だて》につくことが必須《ひっす》です」

かつて欒《らん》氏が挙兵したとき、後ろ盾になったのは塩商《えんしょう》だった羊舌《ようぜつ》氏である。

「もし北辺で旗を揚《あ》げても、塩商は金を出しません。いまの朝廷に倒れてほしい理由がありませんのでな。万一そんな動きがあれば、儂の耳に入ります。が、ほかの商人の内情まではしかとわかりませぬ。損得を考えれば、おいそれと手を組む商人もおりますまいが……。あとは豪族ですな」

「……賀《が》州をどう思う？」

慈恵《じけい》はけげんそうな顔をした。

「沙那賣《サナメ》ですか。陛下の御子を身籠《みご》もっている妃《きさき》の親元が、造反するとは思えませぬが」

「いや、叛逆《はんぎゃく》が目的ではなく、欒《らん》氏の血統を絶やす好機と捉《とら》えれば、陰で煽《あお》るくらいはするだろう。朝陽《ちょうよう》は好機をみすみす見逃す男ではない」

欒氏復興のための蜂起《ほうき》であれば、寿雪《じゅせつ》を殺してしまえば終《しま》いだ。騒動が大きかろうが小さかろうが、起こった時点で、寿雪は処刑せざるを得なくなる。

「なるほど」慈恵は腕を組んでうなる。「陛下の御為《おんため》というわけですな」

「賀《が》州には、京師《みやこ》にいた沙那賣の長子を帰らせて、様子をさぐらせてはいるが」

「沙那賣の長子を……ほう」

慈恵は膝《ひざ》をたたいた。「沙那賣は父子《おやこ》で対立しておりますか。ならば、やりようはありますな」

高峻《こうしゅん》はかすかにうなずいた。

「いずれにしても、なにも起こさせぬことが肝要であると。となれば賀州はその沙那賣の長子に任せるとして、北辺は儂が動きましょう」

「いや、そなたがその方面で動いては、謀反《むほん》を疑われかねない」

朝廷のなかには、まだ慈恵を信用していない者もいるだろう。北辺の部族と謀《はか》っていると思われては、ことだ。

「疑われるということは、北辺の者たちも儂を謀反の意思ありと見なすということでしょう。むしろ好都合だ。さぐりを入れてきましょう。なに、ご案じ召さるな。老臣は逃げどきを心得ているものです」

慈恵《じけい》は晴れやかに笑った。

朝の光に、白銀の髪が輝いている。櫛《くし》でとかすたび、光が揺らめく。まるで水面《みなも》にきらめく陽光のようだった。

鏡を眺めていた寿雪《じゅせつ》は、顔をしかめた。

「今日のうちに、髪を染める」

そう言うと、髪をくしけずっていた九九《ジウジウ》が「ええっ」と声をあげた。

「どうしてです？　もったいない」

「まぶしくてかなわぬ。それに、己《おのれ》が己でないようで、落ち着かぬ」

ずっと黒く染めていたので、銀髪が見慣れない。別人が座っているようだ。

「でも、せっかくもともとの髪でいられるようになったんですから、しばらく染めずにいらしたらいかがです？　そのうち慣れてくるかもしれませんよ」

九九《ジウジウ》は器用に髪を巻きあげ、いつものように髻《たぶさ》を結う。「簪《かんざし》や歩揺《ほよう》は、どれにしましょう。ぜんぶ黒髪に合わせてあるから……」困ったように、簪を手にとる。

「だから、黒髪にすれば――」

「玉《ぎょく》がいいんじゃないか？」

割って入った声は、淡海《たんかい》だ。帳《とばり》から顔をのぞかせている。「翡翠《ひすい》の簪が似合うと思うな」

「ちょっと淡海さん、まだ身支度の最中ですよ」

「着替えは終わってるんだから、いいだろ」

淡海はずかずかと帳の内に入り、寿雪《じゅせつ》のうしろに立つ。盆に並べた簪のなかから、翡翠に花の文様を彫りこんだものを手にとった。

「ほら、これとかさ」

「こっちの赤い珊瑚玉《さんごだま》もいいんじゃありません？　娘娘《ニャンニャン》の髪に挿《さ》すと、雪のなかの茶花《つばき》みたいで」

「ああ、それもありだな」

ふたりはあれやこれやと髪飾りを手にとり、寿雪の髪に合わせている。なんでもいいので、早くしてほしい。そう思いながら、帳のほうに目を向けると、誰か佇《たたず》んでいるのがうっすらと透けて見えた。はっきり見えずとも、人影だけで誰だかはわかる。温螢《おんけい》だ。

「なあ、温螢《おんけい》、どっちがいいと思う？」

淡海《たんかい》が簪を手に、そちらに声をかける。人影はためらうように帳に手をかけたが、すぐに離した。「めんどくせえやつだな」と淡海が大股《おおまた》で歩いていって、勢いよく帳をひらいた。憂《うれ》い顔の温螢が立っている。淡海は彼を寿雪《じゅせつ》のそばまで引っ張ってきた。

──そういえば、まだまともに温螢と言葉を交わしておらぬな。

寿雪が意識を取り戻したのは、昨夜のことである。なにが起きていたのかは高峻《こうしゅん》からひととおり聞いたが、事態を把握《はあく》し、呑みこむので精一杯だった。

あらためて、寿雪はまじまじと温螢を眺める。温螢は打ちひしがれたような顔をしていた。

「……なにかあったのか？」

寿雪が尋ねると、温螢の憂色《ゆうしょく》は濃くなる。

「こいつ、もうずっとこんな感じなんですよ。娘娘《ニャンニャン》を守れなかったから」

淡海が代わりに答えた。

「香薔《こうしょう》の禁術のことか？　あれは、どうしようもなかろう。生身の人間相手ならまだしも」

「そりゃ、理屈としてはそうなんですけどね」

ふむ、と寿雪《じゅせつ》はすこし首を傾《かし》げた。温螢《おんけい》を手招きする。温螢は寿雪のかたわらにひざまずいた。

「おぬしは、わたしの着替えを手伝わぬであろう」

「は……？」温螢は目を丸くする。「はあ、ええ」

「髪も結わぬ」

「はい」

「わたしが着替えだとか、髪結いだとかの最中に怪我《けが》をしたとして、おぬしにはどうにもしようがないし、責めを負う理由もなかろう」

寿雪の言わんとしていることを察して、温螢は神妙な面持《おもも》ちになった。

「そういうことだ」

「……はい」

温螢は目を伏せた。

「俺は、お許しさえあれば着替えでも髪結いでもやりますけどね」

淡海《たんかい》が口を挟む。「だめです」と九九《ジウジウ》が目を吊りあげた。

「おまえの許しは求めてねえよ」

「温螢さんならいいですけど、淡海さんはだめです」

「俺でも温螢《おんけい》でもいっしょだろうが」

「全然違います」

「まあ、にぎやかでよろしいこと」

涼やかな声が聞こえて、九九《ジウジウ》も淡海《たんかい》もあわててふり向き、膝《ひざ》をついた。侍女《じじょ》や宦官《かんがん》をひきつれた花娘《かじょう》が、入り口に立っている。

「お目覚めだとうかがいましたので、待ちきれずに朝早くから来てしまいましたわ、阿妹《アーメイ》」

花娘はさすがに耳が早い。「こちらから出向くつもりだったのだが」と言う寿雪《じゅせつ》に、「そうだろうと思いましたので、早々にうかがったのですよ」と花娘は笑う。

「しばらく養生《ようじょう》なさいませ。無理はなさいませんよう」

べつにどこも悪くはないが、と思ったが、いまの寿雪があちこちうろつくのも、よくはないだろう。なにをしても余計な噂を呼びそうだ。

「それにしても……」

花娘は寿雪を見て目を細める。

「陽《ひ》に輝く新雪のようですこと。装《よそお》いの選び甲斐《がい》がございますわ」

その言葉とともに、うしろに控えていた侍女が盆を掲《かか》げて進み出る。そこには鮮やかな青い衣《ころも》がのせられていた。花娘はそれを手にとり、広げる。青地の錦《にしき》に、双魚《そうぎょ》と蔦《つた》が刺繍《ししゅう》されている。

「この青の鮮やかさにも、刺繡の華やかさにも、阿妹《アーメイ》なら負けませんわ。その御髪《おぐし》をあでやかに引き立てるでしょう」

花娘《かじょう》は衣を寿雪《じゅせつ》の肩にかけた。「それから――」とうしろをふり返り、またべつの侍女が掲げた盆から髪飾りを手にとる。銀の簪や歩揺だ。深い青の玉《ぎょく》がついている。

「これは鶴妃《かくひ》からです。こちらの耳飾りは、鵲妃《じゃくひ》から。おふたりとも、阿妹に会いたがっておいでですよ」

花娘は手ずから寿雪の髻《たぶさ》に簪を挿し、ほほえんだ。「よくお似合いだわ」

「……ありがとう」

賛辞への礼ではない。深い畏敬《いけい》と謝意をこめて、寿雪は礼を言った。花娘の思慮《しりょ》深さとやさしさがなければ、いま寿雪は処刑の場へと引っ立てられていただろう。ほかにも礼を言わねばならぬ相手は、たくさんいる。

寿雪からの礼に、花娘は笑みを返しただけだった。

「それでは、わたくしはこの辺で」

ゆっくりなさいませ、と言い置いて、花娘は颯爽《さっそう》と去っていった。

――わたしは花娘に、どれだけのものを返せるのだろう。

去ってゆく花娘《かじょう》の後ろ姿を眺めて、寿雪《じゅせつ》は思う。花娘や、ほかの者たちがしてくれたことに見合うだけのものを、寿雪は返せるだろうか。

夜が更《ふ》けてから、ひっそりと高峻《こうしゅん》がやってきた。供は衛青《えいせい》だけである。寿雪は衛青にどんな顔を向ければいいのか、わからない。九九《ジウジウ》は、衛青が寿雪の異母兄と知ったとき、驚きを見せたものの、「なんとなく、わかります」と納得したそうだ。なにがわかるのだろう。

寿雪は極力、衛青と視線を合わさないようにして、格子窓《こうしまど》のそばに据えた席に腰をおろした。そこには碁盤が用意してある。高峻は碁を打ちに来たのである。

寿雪は盤面に石を置く。いまは千里《せんり》の助言も聞けない。

「千里は、無事に界島《ジエとう》へ着けたであろうか」

「そろそろ報告が入るだろう。入れば、そなたにも知らせる」

高峻はさほど考えたそぶりもなく、つぎの石を置く。いつも一手を打つのが早い。

「界島には、市舶使《しはくし》がいてな」

「市舶使？」

「ひらたく言えば、交易を管理する長だ。界島が交易の入り口ゆえ、そこに市舶司《し》を置いている。その長官が市舶使だ。これは私が任命する。塩鉄使《えんてつし》などとおなじだな。いまの市舶使は馮若芳《ふうじゃくほう》という。融通《ゆうずう》の利《き》く男で、なにかと頼りになろう」

「ほう……」

交易、つまり他国の商人とやりとりするならば、融通が利かねば務まらぬのだろう。

「わたしも、なるべく早いうちに界島《ジエ》へ行きたいのだが」

烏《からす》の半身が沈んでいるであろう場所が、界島周辺の海だと見当がついたといっても、確証はない。そのうえ、半身は黒刀だというが、海の底をしらみつぶしにさがすわけにもいかない。実際、それがあるかどうかわかるのは、烏しかいないだろう。つまり、寿雪《じゅせつ》が行くほかない。もともと、香薔《こうしょう》の結界を破れたら、寿雪は界島へ向かうことになっていた。

「ひとまず、千里《せんり》と之季《しき》の報告を待ってからにしよう。界島の様子がいまどんなものか、知っておいたほうがいい。情報を得ずに乗りこむのは、丸腰で戦《いくさ》に臨《のぞ》むのと変わらない」

高峻《こうしゅん》は慎重だ。界島が危険な場所というわけではないだろうが、寿雪にとって、烏にとってどうかは、わからない。

「鼇《ごう》の神と白雷《はくらい》の出方も気にかかる」

「ああ……」

――衣斯哈《イシハ》は、無事であろうか。

どこで、どうしているだろう。昼間のうちに寿雪《じゅせつ》は衣斯哈《イシハ》の行方《ゆくえ》をさがそうと、褥《しとね》に残っていた髪を使って追ってみたが、鼇枝殿《ごうしでん》まで行き着いただけだった。

「それから、沙那賣《サナメ》だ。朝陽《ちょうよう》がどう出るか」

ううむ、と寿雪はうなる。それもあったか。考えねばならないことが、あちらこちらにある。

「すでに晨《しん》を朝陽のもとに向かわせたが。こちらも、報告待ちだ」

「晨……沙那賣の長男か」

鶴妃《かくひ》である晩霞《ばんか》が『えらそう』と評する長兄である。寿雪は彼に、『えらそう』というよりは、跡取りの矜持《きょうじ》、重責のようなものを感じたが。

それにしても、と寿雪は高峻《こうしゅん》を眺める。高峻は、寿雪が思いつくころにはすでに手を打っている。

「すくなくとも晨は、そなたの味方になる」

「……だとよいが」
一、二度、顔を合わせただけの相手である。晨は朝陽に反発しているとはいえ、こちらの味方をしてくれるほどだろうか。高峻は自信があるようだが。
「打たないのか？」

「え？」

高峻《こうしゅん》は、碁盤を指さす。

「そなたの番だが」

「かような話をしながら打てるか。すこし待て」

寿雪《じゅせつ》は碁盤をにらむ。眉をよせて考えこむ寿雪を、高峻は静かに眺めていた。呻吟《しんぎん》しながら、寿雪は石を置く。しばらくして、高峻がつぎの一手を打つ。高峻はしゃべらない。寿雪もときおり「うう」や「ぐう」と呻《うめ》くだけで、あとはただ石を置くパチリという音だけが響く。静かで、穏やかなひとときだった。高峻はつねに優勢だったが、決め手となる手は打ってこなかった。石をとり、とられつつも、だんだんとおたがいの石で埋められてゆく盤面を眺めて、盤面がもっと広ければいいのに、と寿雪は思った。いつまでも終わらないくらい、広ければ。


碁を打ち終えたのは、夜明けも近い刻限だった。途中で投了《とうりょう》になることもなく、最後まで打ち、石の数を数えた。寿雪の勝ちだった。

まだ空が白《しら》む前の暗闇のなかを、高峻は帰っていった。時刻からして、朝議まで眠る暇《ひま》はないだろう。眠そうな顔も見せず、平然としていたが、大丈夫だろうかと思う。寿雪は寝台に横たわり、ぼんやりと天井を見つめる。

——烏《からす》の半身が見つかったら……。

見つかって、烏が半身を取り戻し、寿雪《じゅせつ》も自由になれたら。

——そうしたら、わたしはどの道を選べばよいのだろう。

すこし前まで、寿雪の選ぶべき道はひとつしかなかった。亡命だ。寿雪に与えられた道は、それしかなかった。

だが、寿雪が欒《らん》氏の生き残りだということは、すでに露見《ろけん》してしまった。それも、かなり派手な形で、民衆にまで。

こうなったうえで寿雪が追われるように国を出奔《しゅつぽん》したとなると、高峻《こうしゅん》の立場は悪くなるのではないか。

高峻は、寿雪に祀典使《してんし》という居場所を用意した。では、その任を受ければすべてうまく収まるのだろうか。

そうもいくまい。いまはそれで通るとしても、安泰《あんたい》ではない。きっと寿雪の立場は、振り子のように何度も揺れ動く。そのたび高峻は寿雪を助けるために懊悩《おうのう》し、奔走《ほんそう》せねばならないのだろう。

寿雪は目を閉じ、息を吐いた。

　声が聞こえたのは、そのときだ。

「寿雪《じゅせつ》」

　どこか眠たげな、少女の声に思えた。どこから聞こえてくるともわからない、ただ、四方の暗闇から響いてくるようだった。

「寿雪──わたしの半身は、見つかるのか」

　不安そうに尋ねてくる。寿雪は、香薔《こうしょう》の言葉を思い出した。夜になると、暗がりから、烏《からす》が呼ぶのだと。

「烏か」と寿雪が問えば、「そう」と返ってくる。

　──烏とは、こんな声だったのか。

　想像と違い、幼く、頼りない声だった。もっと禍々《まがまが》しい、恐ろしい声かと思っていた。

「半身は、見つけに行く」

「どこに？」

「界島《ジエ》」

　烏は沈黙する。

「半身に近づけば、おぬしは、それを見つけられるか？」

「それは、わかる。わたし自身なのだから……」

「では、見つけさえすれば、おぬしはもとに戻れるのだな？　わたしから離れて」

「そう」

――だったら、早く見つければいいだけだ。

見つけて、道を選ばなくては。

「界島《ジエ》は……境界の島だ」

ひっそりと烏《からす》の声が暗闇に溶けこむ。

「境界の島？」

「幽宮《かくれのみや》と、楽宮《ささらのみや》の……。なわばりがあるから、わたしは界島よりさきには入れない。入ると、とても、叱《しか》られるから」

「叱られるとは、誰に」

「楽宮の者たちに。何度か、怒られたことがある。白鼇《しろかめ》とやり合っているときに」

「ほう」

神々にもなわばりなどというものがあるのか、と寿雪《じゆせつ》は意外だった。

「ひとは行き来ができるのに、神はできぬというのも、面白いな」

人間には交易がある。が、神にそんなものは必要ないのだろう。

「おぬしと鼇《ごう》の神とは、かつて伊喀菲島《イカヒとう》を沈めたのであろう。それも怒られたか」

「怒られた……」

ひどくしょんぼりとしたような声がして、寿雪《じゅせつ》は軽く笑った。烏《からす》とこうして言葉を交わしているというのも、不思議な心地がした。

「半身を取り戻したら、今度は、なわばりを侵《おか》さぬように白鼇《しろかめ》と戦う」

「なに？」

寿雪は笑みを消した。

「戦うだと？」

「もちろん」

当たり前だと言うような声音だった。

「今度こそ、白鼇を倒す」

「待て。それは困る」

烏をひとつ沈めるような戦いを、なわばり内で行う。つまり、霄《しょう》の国土に甚大《じんだい》な被害が及ぶかもしれない。

「この国を沈める気か」

「……わたしが倒さなかったら、白鼇が、わたしを倒す。あれは、わたしを憎んでいるから」

巫《ふ》を殺したという、いざこざか。高峻《こうしゅん》から聞いている。どのみち、戦いは避けられないということなのか。

——どうしたらよいのだろう。

寿雪《じゅせつ》は表情を曇らせ、天井をにらみすえた。

之季《しき》と千里《せんり》から報告が届いたのは、数日後のことだった。高峻への報告とはべつに、千里からは寿雪へ宛てて文《ふみ》が届けられた。文を広げた寿雪は、千里の変わらず穏やかで明快な筆致《ひっち》に、心が和《なご》んだ。

『冬の潮風は寒かろうと用心しておりましたが、界島《ジエ》は京師《みやこ》よりも温暖で、ずいぶん過ごしやすい気候です。浜辺の貝殻《かいがら》でも、烏妃《うひ》さまへのみやげに持って帰りましょう——』

＊

京師から界島へは、船で水路をくだり、水路から河へ、河から海へ出たあとは岸沿いを南下し、界島の向かいにある皐《こう》州の港まで来たら、そこと界島とを行き来する乗合船へと乗り換える。水路のおかげで、ぐるりと海を大回りせずにすみ、よほどの悪天候でないかぎり、おおよそ五日ほどで到着する。

　水路が出来る前は海を行く航路が主《おも》だったが、難破《なんぱ》することがたびたびあった。細かく島が点在するために潮流が複雑で、場所によっては川のように激しい流れがあるうえ、天候が悪化したとき、すぐさま逃げこめる港がすくない。そうなると航海は慎重に天候を見定めなくてはならず、場合によっては風待ち、潮待ちでずいぶん無駄に日数を費やすことになる。にもかかわらず、船の往来《おうらい》は昔から多かった。界島《ジエ》が交易の島で、そこからの荷を本土へ運ばねばならなかったからだ。重い荷を大量に運ぶなら、陸を行くよりもやはり海である。難破した船から流れ着く異国の宝物を、海辺の住民たちは心待ちにしたという。そんな話を、船旅のあいだ、之季《しき》は水手《かこ》から聞かされた。

　船が進むにつれて、之季は風があたたかく湿ってくるのを感じていた。界島へ渡る乗合船に乗るころには、袍《ほう》に重ねた外衣を脱いでしまえるほどだった。

「冬の潮風はさぞ寒いだろうと思っていましたが、これなら過ごしやすそうですね」

　千里《せんり》が安堵したように言う。病弱なのだそうだ。之季は、この人物をほとんど知らない。さきの朝議で、達者な弁舌であの明允《めいいん》を黙らせ、寿雪《じゆせつ》を救う助けとなったのだと聞いている。痩《や》せた風貌は一見、明允のような神経質さを思わせるが、話してみれば気さくで穏やかな男だった。

高峻《こうしゅん》から之季《しき》に下された命令は、単純だったが、よくわからないものだった。

——冬官《とうかん》に従って、界島《ジェ》へ行くように。

千里《せんり》の補佐を務めろということである。では、千里はなにをするのか？

——海底火山の伝承を調べます。

と、千里はさらりと答えた。

意味がわからない。

わからないと言えば寿雪《じゅせつ》の身の上で、欒《らん》氏の生き残りだなどとは、思いもよらなかった。それで後宮《こうきゅう》に身を置いていたのだから、相当な胆力があると見るべきか、それほどの理由があったと見るべきか。おそらく後者だろう、と之季は思う。いくら肝《きも》が据わっていようと、わざわざ危険を選ぶ必要などない。之季にはその理由というのが、想像もつかないが。

「ああ、見えてきましたね。さすが、大きな港だ」

千里が声をあげた。船上から、界島の港が見える。船がいくつも停泊していた。

「ずいぶん大きい船ばかりですが、どれも異国の船でしょうか。この船のように小さなものは、見当たりませんが」

「あの港は、大型船のための港です。水深が深い入り江なので、喫水《きっすい》の深い大型船向けなんですよ。この船のような小型のものは、すこし廻りこんださきにある内海の港に着けます。そちらは水深が浅いので」

「ああ、なるほど。水深の問題ですか」

昔は、内海の港のほうが栄えた。大型の船など、造る技術がなかったからである。河口の砂州《さす》によってできた内海なら、外海から隔《へだ》てられているために波も穏やかで、水深も浅い。小型の船をとめておくのに適している。いずれにせよ、界島《ジエ》は昔から船の行き来が盛んだったところだということだ。

「あちらの大きな港のある辺りは、蕃坊《ばんぼう》といって、異国の商人が暮らす地域だそうです。土塀《どべい》で囲われているでしょう。勝手に出入りしてはならぬそうですので、気をつけてください」

「わかりました。令狐《れいこ》どのは、よくご存じですね。助かります」

「羊舌《ようぜつ》どのに教えてもらいました。ここの市舶使とはいくらかつきあいがあるそうで、文を出しておくと」

之季《しき》たちは急な旅の準備に手間取られたぶん、文が届くほうが早いだろう。

「そうですか。……」

ふと、千里《せんり》は目を細めた。海面にきらめく陽光がまぶしかったようにも見えた。

「どうかしましたか」

「ひとのつながりの妙というものを、思いまして」

「はあ」

「どこでどうひとがつながって、助けになるか、わからぬものです。つながって、つづいてゆくのだと……」

——つながって……。

之季《しき》は海原を眺め、腕を押さえた。袖《そで》を引く妹の手は、いまだそこにある。

「それは、生きている者だけですか」

そんな言葉が、口をついて出た。意味のわからないはずの言葉にも、千里《せんり》はいぶかしむ様子を見せず、やわらかな目をした。

「いいえ。死者も、また」


港に着くと、出迎えがあった。市船使の部下だろうか、五十過ぎと思われる、小柄な男だった。

「お待ちしておりました。令狐《れいこ》どのと、董《とう》どのですな。儂《わし》は市船使の馮若芳《ふうじやくほう》です」

そう名乗った彼に、之季は驚いた。まさか当人が出迎えに現れるとは思っていなかった。

「いけ好かぬ官吏《かんり》の視察であればいやがらせのひとつでもするところですが、羊舌《ようぜつ》どのから頼まれましたのでな」

冗談なのか本気なのかわからぬことを言い、快活に笑う。あけっぴろげな口調だが、細い目は油断なく之季《しき》と千里《せんり》を見定めている様子だった。身のこなしに隙《すき》がなく、武芸に秀《ひい》でていそうだが、武官の雰囲気はない。役人らしい雰囲気もなかった。どういう来歴の人物か、之季は判じかねた。

「羊舌《ようぜつ》どのとは、旧知の仲です。恩がある。あちらに――」と、若芳《じゃくほう》は浜の向こうを指さす。松原があり、その奥にも砂浜がつづいているようだった。「かつて、塩商が塩田を作ろうとしましてな。漁師から浜をとりあげた。海辺というのは昔から、漁と塩と港で場所争いがありますが。漁で使えぬようになっては、漁師は立ちゆきません。すると漁師はどうなるか、わかりますかな」

「海賊になりますね」

之季が答えると、若芳は、ほう、という顔になった。

「さようです。漁師たちは海賊になって、辺りを行き交う交易船を襲いました。お上が取り締まっても、いたちごっこですな。それを、この島に商いに来ていた羊舌どのが、浜を買い占めた塩商に話をつけて、引きあげさせた。海賊は浜を取り戻し、漁師に戻ることができました」

若芳《じゃくほう》はにこりと笑った。

「ですので、羊舌《ようぜつ》どのには頭があがらぬわけです」

之季《しき》は若芳の顔を眺めた。

「では——あなたも、海賊だったと？」

「おや、羊舌どのから聞いておられませぬか。儂は海賊の頭領でした」

あっさりと言う。之季は唖然とした。

「漁師に戻ってからも、役人どもとあれこれ交渉するのは儂の役目になりましてな。ずいぶんやり合いましたが……それがどう陛下のお耳に伝わったのか、市舶使に任じられました。おかしなこともあるものです」

若芳は声をあげて笑う。温暖な島にふさわしい、明朗な笑いだった。

「そうしますと、あなたは生まれも育ちもこの界島《ジエ》ですか」

周囲を興味深そうに眺めていた千里《せんり》が、口をひらいた。乗合船の着くこの港には、島民らしき者たちの姿が多い。彼らの身なりは丈《たけ》の短い麻《あさ》の白衣に褲《こ》という、京師《みやこ》の庶民とさほど変わらない出《い》で立ちだが、気候の違いだろう、薄着だった。

「ええ、そうなりますが」

「では、島に伝わる昔話にもお詳しいですか」

若芳《じゃくほう》は、意図をつかみかねる様子で、首をかしげた。「どうでしょうな。詳しいと言えるほどではありませんな」

「界島《ジエ》周辺の海底火山について、知りたいのです」

「ほほう」

若芳は目を丸くした。「海底火山ですか」

「はるか昔に、海底火山が噴火したような、そういったことがなかったかどうか、あったならそれはどこか、知りたいのです」

「ほう、それで昔話ですか。そういう言い伝えがないかどうかと」

「ええ」

「陛下のご命令でいらしたわけでしょう？　陛下は、いったいなにをなさりたいのですか」

「ふたたび噴火する兆候《ちょうこう》がないか、案じられておいでです。最近、新たに宮廷内で発見された古文書《こもんじょ》によって、かつて存在した伊喀菲《イカヒ》島が噴火によって沈んだことがわかりました。伝承を調べたところ、この辺りにも海底火山があると思われるので、兆《きざ》しを調べよと」

千里《せんり》はよどみなくしゃべるが、若芳はまだ不可解そうな顔をしている。

「冬官のあなたがですか。儂は朝廷のことはよく知りませんが、冬官は、たしか神祇官《じんぎかん》では」

「ええ、そのとおりです。仕事柄、わたくしは古文書を読みますし、伝承に関しては朝廷内の誰よりも精通しております。神祇官とはそういうものです」

「さようで」若芳《じゃくほう》は首筋をかいた。「儂は古文書だの伝承だのといった話は、よくわからんもので。——ですが、海底火山ならわかります」

「え?」

千里《せんり》は目をみはった。

若芳はさきほど指さした浜の、さらに奥のほうを示すようにひとさし指を突きだした。

「北東のほうの海に、よい漁場がありましてな。よく魚がとれる。なぜかと申せば、そこがほかより水深が浅いのです。なぜ浅いか——」

若芳は千里に目を向ける。

「海底火山が?」

「さようです。海底が盛りあがっておるので、浅いのですな。噴火したことがあるから、海底火山だとわかっておるのでしょうが、実際、そんなことがあったと聞いたことはありません。あったとしたら、よほどいにしえのことなのでしょうな。言い伝えもはっきりと残らぬほどの」

「そうですか」答えながらも、千里《せんり》の目は宙をさまよっている。なにか思案しているのか。

「市舶使どの、お願いがございます」

しばらく定まらなかった視線をふたたび若芳《じゃくほう》に戻して、千里は言った。

「この島で古くから祭祀《さいし》を司《つかさど》る役目を担《にな》っていた家へ、連れていっていただきたい」

「祭祀ですか」

「神に仕《つか》え、神託を受け、島の祀《まつ》りを主導していた家です。島民の中心となるような」

「島主になりますかな」

「もしくは、その補佐のような家柄です。政《まつりごと》と祀りの長は、往々《おうおう》にして異なることがございますので」

「いずれにしても、海商《ハイシャン》のほうでしょうな。昔からこの島を統率しておったのは、網元ではなく海商の家でしたから。海商も元をたどれば漁師だったのでしょうが」

若芳はうしろをふり返り、そこに控えていた部下のひとりを呼んだ。

「この者に案内させましょう。棲《ちょう》といいます。この島の海商については、棲が詳しい。細々とした交渉やら調整やらを任せておりましてな、海商の懐《ふところ》に入りこみますので、奥向きの事情にも通じております」

棲というその役人は、六十過ぎの老爺《ろうや》だった。若芳よりもさらに小柄で、ひとのよさそうな顔をしている。あまり目端《めはし》の利きそうな人物には見えなかったが、かえってそれが重《ちょう》宝《ほう》される理由だろうか。純朴そうな老人になら、すべる口もあるだろう。

「海商《ハイシャン》で古い家柄というと、序《じょ》氏の家がございます。いまは落ちぶれておりますが、昔は相当な栄えぶりで、島主だったとも言われます」

つぶらな瞳をしょぼつかせながら、櫟《ちょう》は言う。酒で焼けたようなしゃがれた声だった。

「序氏——」千里《せんり》がつぶやく。「ああ、なるほど。序氏か」

「知っているのですか」と之季《しき》が問えば、「いささか」と千里はうなずいた。

櫟は、「祭祀に関する家だったかは、はて……」と自信なさげに首をかしげる。「島民は海神を信仰しておりますが」

「なんにせよ、序氏をとっかかりにすればいいのではありませんかな」

若芳《じゃくほう》が言った。

「そうですね。では、櫟どの、案内を頼みます」

すぐさま向かおうとする千里に、若芳が驚いた。「着いたばかりですから、すこし休まれてはいかがか」

「いえ、機を逸《いっ》してはいけませんから」

千里は若芳に丁重《ていちょう》に礼を述べ、櫟を急《せ》きたてる。「あちらの道ですか？　ああ、こちらですか」

港からはいくつかの道が伸びている。急勾配《きゅうこうばい》もあればなだらかなものもあるが、いずれも細い坂道だった。まっすぐ見通せる道はなく、迷路のようだ。道沿いには、石を積み、土で固めた練塀《ねりべい》に囲まれた家々が甍《いらか》を並べている。練塀は強い潮風を防ぐためのものだろう。いまも風が吹きつけ、潮のにおいを運んできている。

「そんなにも急ぐことですか？」

足早に歩く千里《せんり》のあとを追いかけながら、之季《しき》は声をかけた。

「気が急いているのです」

と、千里は答えた。坂道に息があがっている。

「ゆっくり行きましょう。家は逃げませんせん」

病弱だという千里の体を気遣《きづか》う之季に、「では、あなたはゆっくり来てください」と言い置いて、千里はさきへ進む。

「いや、ちょっと……」

——意外に、頑固だな。

渋々、之季は歩きだす。之季は大柄で、丈夫である。千里よりもよほど足腰は鍛えられているので、息もあがらない。

「……大丈夫ですか？」

序家《じょ》へ着いたときには、千里《せんり》は青白い顔でぐったりしていた。序家の屋敷は松林に囲まれているので、木陰で休ませる。幹にもたれかかり、千里は「すみません」と謝った。

「いえ、私はかまいませんが……。それほど急を要することなのでしたら、私もそのつもりで動きますので」

千里はしばし沈黙した。

「……私は、どうあってもひとりの少女を救うつもりです」

ぽつりと千里はつぶやく。

「それはさきの冬官の願いであるとも思っていますし、これまでのすべての冬官の罪滅ぼしでもあろうと」

「罪滅ぼし……？」

「長らくひとりの少女に苦しみを押しつけ、それを国のために是《ぜ》としてきた罪です。私は冬官の罪を背負っているし、烏妃《うひ》さまはひとりであってひとりではない、すべての烏妃の苦しみを背負っている。いざとなれば烏妃さまの代わりに首をさしだすくらいは、冬官として当たり前のことです」

朝議で千里は、寿雪《じゅせつ》に代わって己《おのれ》の首をさしだすと言ったのだと、之季《しき》は聞いている。

はったりではなかったらしい。

――なるほど。

と、之季《しき》は納得した。事情はまるでわからないが、千里《せんり》にはなにがしかの覚悟があるから、軽やかなのだろう。

「烏妃《うひ》さまは眠りについていますが、いずれ目を覚ますでしょう。そのときのために、私は準備をしているのです」

寿雪《じゅせつ》が意識を失っているというのは、事実らしい。彼女の不可思議な力は、烏漣娘娘《うれんにゃんにゃん》の巫婆《みこ》だからだということだが、どうも、それ以上の深い因縁《いんねん》があるようだった。

「……詳しい話は、あとで聞かせてもらいましょう。ともかく、あなたは海底火山の伝承を急いで知る必要があると、そういうことですね?」

千里は之季の顔を眺め、うなずいた。之季がいま知ればいいのは、それだけだ。

「わかりました。では、行きましょう」

千里の顔色はだいぶよくなっている。之季はぼんやりと突っ立っていた楪《ちょう》をうながし、序《じょ》家の門へと向かった。

序家の当主は陰気な男だった。千里とおなじくらいの歳だろうが、商人とは思えぬほど愛想がなく、経験を積み重ねてきたことによる鷹揚《おうよう》さだとか、厚みだとかを一切感じない。家のなかは薄暗く、湿っている。外には倉がいくつもあったが、傾《かし》いで崩れかけたものばかりで、ほとんど使われていないようだった。

──落ちぶれているとは聞いたが、ここまでとは。

海商《ハイシャン》といえば羽振りのいい商人しか知らない之季《しき》は、驚いた。

「なんですか、先だっても、お尋ねがありましたが……またその件ですか？」

ぼそぼそと、口のなかでささやくように序《じょ》家の当主は言う。

「先だって？」之季は訊き返すが、千里《せんり》が「いえ、それとは別件です」と答える。

「以前、烏妃《うひ》の首飾りにかかわることで少々尋ねた件がございまして」千里は之季に向かって手短に説明した。「昔、この家の娘が烏妃になったのです」

「烏妃に……？」

「ご当主、われわれは界島《ジエ》周辺の海底火山にまつわる伝承を調べているのです。界島にはそうした伝承がいくつか残っておりまして、たとえば海神の怒りに触れた継母《けいぼ》が海底に沈み泡を吐く、という話などは序家とかかわりのある話だと思うのですが」

「はあ」

当主の反応は鈍《にぶ》い。

「ほかに、海だとか、海神に関する昔話は、こちらには伝わっておりませんか」

「さあ……」当主は明らかに興味の薄い表情で首をかしげる。

「こちらは歴史ある家柄だとうかがっておりますが」

「古いだけの家ですよ」自嘲《じちょう》気味に当主は笑う。ようやく感情らしきものが見えた。

「うちに伝わる話といったら首飾りの話ですが、あれにあるとおり、うちの商売はだんだんとふるわなくなって、もう、いけません。息子たちはこの家に愛想を尽かして、島を出ていきました。本土で働いていますよ。界島《ジエ》の序《じょ》氏は私の代で終わるでしょう。やはり首飾りの祟《たた》りなんでしょうかね」

吐息《といき》を洩《も》らすような力ない声でしゃべる。

「この家が祟られているのなら、家を離れたご子息たちは成功なさるでしょう」

千里《せんり》はなんでもないように言った。

「はあ」当主はすこし目をみはる。「しかし、家廟《かびょう》を祀る者は絶え、この家は滅ぶも同然ですが……」

「古い家には、その年月のぶん、まとわりつくものも多うございます。拘泥《こうでい》するより思い切ってふり払ってみるのもひとつの手でしょう」

「はあ……」きっぱりとした千里の言いように、当主は目を白黒させている。

之季《しき》は、神祇官である千里《せんり》が家廟を捨てよと明言するのが意外だった。家廟というのは、先祖の霊を祀る廟で、家にとってはこれを守りつづけてゆくのがなにより大事とされる。

「界島《ジエ》でも、祖先の祭祀は大事ですか」

千里の問いに、当主は薄く笑った。

「そうですね……島内では身内のつながりは強いですから。わが一族はもうばらばらですが。祖霊と海神、このふたつが昔から祀られてきたものです。海商《ハイシャン》にとっても漁師にとっても、海神への祭祀は欠かせません」

「では、その祭祀を取り仕切る家があったでしょう。こちらですか?」

「いえ、うちではありませんね。昭《しよう》氏です」

「昭氏――」

「その家もずいぶん前に没落して、いまはあばらやに老婆がひとり住んでいるだけですが」

当主は白布に染《し》みを見つけたように顔をしかめた。「胡散《うさん》くさい占いで日銭を稼《かせ》いでいます」

ほほう、と千里は興味を引かれたのか、身をのりだした。「占いですか」

「港で水手《かこ》やら妓女やらを相手にした、口八丁《くちはつちよう》の胡乱《うろん》な占いですよ。昔は巫婆《みこ》のような家だったのが、いまじゃ、そんなありさまで」

「巫婆《みこ》。女系でしたか」

「といいますか、家は男が継ぐんですが、一族のなかでふさわしい娘を選んで、祭祀を任せるんです。かつてはその娘を生き神のように崇《あが》めていたともいいます」

「生き神ですか」

「ずいぶん昔の話ですよ。私の祖父だの曾祖父《そうそふ》だのの話じゃない、もっとずっと前です。私も祖父から聞いただけですから、あんまりはっきりと覚えてませんが。祖父が子供のころにはもう昭《しょう》氏は祭祀を担《にな》う家でもなくなっていたし、細々と祈禱《きとう》を請《う》け負《お》うくらいのものになっていたそうです」

　当主ははじめのころよりずっと舌がなめらかになっている。

「この島は、こういったことを文字で残してはいないんですよ。口承《こうしょう》です。だから言い伝えにしても、変化していると思いますがね。海商《ハイシャン》はいくらか商いのことを書き記してますが」

「こちらのお宅でもそうでしたね」

「ええ、家系図にしてもそうですが。この島は昔から阿開《アケ》と交流が深いですから、あちらの信仰や文化も混じっているんだと思いますよ。——そうじゃないですか、棠《ちょう》さん」

当主は部屋の隅に座っている楪に話しかけた。なぜ楪《ちよう》に訊くのだろう、と之季《しき》は思ったが、彼の返答で理解した。

「はあ、そうですねえ、故郷の風習と似たところはありますよ」

楪の口調は間延びしている。

「故郷——といいますと、あなたは」

千里《せんり》が楪のほうに向き直る。

「阿開《アケ》の出です。といっても離れ小島ですが」

俄然《がぜん》、千里の目が興味深げに輝いた。

「離れ小島というと、南のほうですか。群島がありますね。そちらから、どうしてこの島へ？」

楪が困惑《こんわく》した様子で目をしばたたかせる。助けを求めるように之季《しき》のほうを見るので、之季は「その話は、あとでいいんじゃないですか」と千里に言った。

「祭祀を司っていたのが昭氏《しよう》なら、そちらへうかがっては」

「ああ——そうですね」千里はおとなしくうなずいた。

「祭祀の家なら、古い伝承も残っていると思うのですよ。そうした家は、祀りの決まり事を細かく守らねばならぬことが多いので」

「あまり期待はせぬほうが」当主が口を挟む。「あの老婆は、おそらくそんなことは知りますまい」

「どうでしょうか。祭祀というのは、ひとを縛るものですから、案外、根深く残っているものです。ともかく、行ってみましょう」

千里《せんり》はにこりと笑った。

「どうもありがとうございました。ご当家のご多幸を祈っております」

通り一遍《いっぺん》のあいさつなのに、冬官だからなのか、千里の人柄からか、風が吹き抜けたようなさわやかな心地がした。当主もかすかな笑みを返す。そうすると、部屋の陰が幾分、薄れたように思えた。


昭《しょう》家は港を一望できる高台にあった。かつてはたいそうな屋敷だったのだろうが、いまはほとんど朽《く》ち果てたあばらやでしかなかった。屋根は傾いているし、板壁は剝《は》がれ、扉もなく、柱は腐っている。とても住めそうにない家だ。

楪《ちょう》は朽ちた屋敷を通り過ぎ、奥へと向かう。板葺《いたぶ》きの小屋があった。入り口には蓆《むしろ》が垂れている。

「老奶奶《ばあさん》、いるかい」

棵《ちょう》がそう声をかけると、なかから「棵か、なんだい」と億劫《おっくう》そうな声がした。

「お客人なんだよ。京師《みやこ》からお偉いさんが来てる」

『お偉いさん』ではないのだが……、と之季《しき》は思いつつ、昭《しょう》氏の返答を待つ。

「京師から……？」

いぶかしむような声とともに、蓆がはねのけられ、老婆の顔がのぞいた。目が皺《しわ》に埋もれた、偏屈そうな老婆だった。脂《あぶら》気《け》のない白髪をうしろで結わえ、首には貝殻や獣の牙《きば》を連ねた首飾りをさげている。

「まさか、あたしに占いを頼もうってんじゃないだろうね？」

老婆は疑わしげに之季と千里《せんり》をじろじろと眺める。その目を之季の腕あたりに定めて、「あたしはお祓《はら》いはやってないよ」と言ったので、之季はぎょっとして袖を押さえた。見えているのか。

棵が顔の前で大きく手をふった。

「どっちも違うよ、あんたに昔話を訊きたいんだってさ」

「昔話？」

老婆の目はますます疑わしそうになる。「そんなもの聞いて、どうしようってんだい」

「海底火山の伝承を調べているのです」

千里《せんり》は一歩前に進み出て言った。老婆は千里を見あげる。

「海底火山……」

「そうです。もっと言えば、およそ千年前、この島で海底火山にまつわる事象がなにか起きなかったか」

老婆の目が見ひらかれた。

「ご存じですね」

千里の口調はゆったりとして、余裕がある。老婆は千里をねめつけた。

「それを知って、どうなる」

「ひとりの少女が救われます」

老婆はぽかんとした。千里が冗談ではなく真面目《まじめ》に言っているのだとわかると、毒気を抜かれたように眉間《みけん》の皺を消した。

「よくわからんがね、昔話くらいしてやるよ。汚い家で我慢できるなら、入りな」

なかに入ってみると、汚いというのは誇張ではなかった。狭い室内は土間に蓆が敷かれているだけで、その蓆も黴《かび》で黒ずんでいる。竈《かまど》のそばに水甕《みずがめ》や鉄鍋が置かれており、いくつかの籠《かご》に草の葉や根、乾燥した木の実らしきものが入れられている。梁《はり》に渡した縄にもたくさんの束ねた草木が吊り下げられていた。薬のような妙なにおいが鼻をつくが、これら草木のにおいだろうか。

「生薬《しょうやく》になる薬草ですね。甘草《かんぞう》に山梔子《さんしし》、薄荷葉《はっかよう》。ご自身でお採《と》りなるのですか？　たいへんでしょう」

室内を眺めて千里《せんり》が言う。すぐさま薬草とわかるのは、病身ゆえか。

「海燕子《ハイイエンツ》から買うのさ、この歳で山に入るのはつらいからね」

「へえ、海燕子ですか。わたくしはまだ彼らに会ったことがありません」

「この島じゃ、陸《おか》にあがって窟《いわや》で暮らしてるんだよ。会いたいなら会ったらいい」

千里の興味はほうぼうに渡るらしく、また本筋から逸《そ》れる。「それよりも、海底火山でしょう」と之季《しき》が釘を刺した。

「ええ、まずはそれです」千里はためらう様子もなく黴くさい蓆の上に座る。之季も隣に腰をおろした。それを見て、老婆も向かいに座る。膝《ひざ》が悪いのだろう、そばにある甕に手をつきながら、大儀そうに座った。楪《ちょう》は入り口近くに立ったままだ。手持ち無沙汰《ぶさた》な顔をしている。

「昭氏《しょう》は、海神の末裔《まつえい》だという」老婆は首にさげた貝殻と牙の飾りをまさぐりながら、話しはじめる。昔を思い出すように目を閉じていた。

「代々、巫覡《ふげき》として祭祀を司り、島主を佐《たす》けた。遠い昔の話だね。ここは交易の島だからね、航海の無事がなにより大事だ。だから、海神に祈る。縁起《えんぎ》を担《かつ》ぐ。祭祀の家は大事にされたんだよ。逆に、縁起の悪い家は忌《い》まれた。ほれ、序《じょ》氏の家がいい例さ。あれは神に捧《ささ》げるべき玉《ぎょく》を自分の懐に入れちまったから、神の怒りに触れた。家中に禍《わざわい》がつづいた。そうなると、皆、相手にしなくなる。つまはじきにされて、家はどんどん傾いていった。さっさと島を捨てて出ていくべきだったんだよ、あの家は」

老婆は首飾りの牙をつまみ、撫でる。

「では、この家もそうだったと？」

千里《せんり》が尋ねる。老婆はつと視線を上向け、「そうさ」と答えた。

「神の怒りに触れたとされて、祭祀の場からしめだされた。あたしの祖母の、そのまた祖母の……さらにそのまた祖母の、それくらいの代だったかね。一族の娘がひとり、異国の海商《ハイシャン》と駆け落ちして、島を出ていった。許婚者《いいなずけ》だったこの島の海商を殺してね。そりゃあ、もう、だめさ。その許婚者とはもう、祖霊に許しを得たあとだったからね。そういう儀式があるんだよ」

「京師《みやこ》のほうでも、似たような儀礼がありますよ。婚姻の吉凶を祖霊の前で占うのですが」

「そうだね、許しを得るってのは、占うってことだよ。そこまでやっておいてご破算にするのは、祖霊への侮辱《ぶじょく》であり、海神への冒瀆《ぼうとく》と見なされる。それは、どうかすると人殺しより重い罪だ。この島にとってはね。それでまあ、うちはだめになったのさ。そうなるまでは、生き神さまだなんだって、崇められてたんだよ。そう、この生き神さまってのがさ、あんたの知りたい海底火山からはじまるんだよ」

はっと、千里《せんり》は身をのりだした。「教えてください」

「そんなもったいつけるような話じゃないんだけどさ。千年くらい前に、この家の娘が、海底火山を鎮《しず》めたんだよ。そこからだそうだよ、生き神さまって呼ばれだしたのは」

「鎮めた——ということは、噴火があったということですね」

「ああ、そうだ。この島の沖合に、海底火山があるんだよ。それが突然、海から黒い水が山のように噴きあがって、石つぶての雨が周辺を襲った。海水は沸騰して、石が海面で跳ねていた。濁水が噴いたあとは水煙が立ちのぼって、三日三晩、辺りは霧《きり》に包まれたようになった。噴火は間を置いて何度も起こり、異様なにおいも一帯に満ちていた。赤い石が海面を埋め尽くし、海水は濁った。噴煙の上空に雲が集まって垂れこめ、昼も夜もなく島は暗闇に覆《おお》われた。それを、巫《み》婆《こ》だった娘が海神に祈って、鎮めたんだと。漁に出られずにいた漁師たちも、船を出せずにいた海商《ハイシャン》たちも、大喜びさ。娘は崇められて、それから供物《くもつ》も寄進も絶えなかった。以来、この家の巫婆は大事に扱われてきたんだよ」

駆け落ちの件まではね、と忌々《いまいま》しそうに老婆は吐き捨てる。

「島を裏切ったってことだから。島の者たちは手のひらを返したように昭《しょう》家を迫害したそうだよ。海底火山の噴火も、ほんとうはそんなものなかったに違いない、虚言だろう、なんてことまで言われるようになった。そのころには、実際に噴火を目《ま》の当たりにしたやつは生きてなかったんだからね、どうしようもない。だからいまの島民たちは、噴火のことなんて知らないよ。あたしだって、こんな話をしながら、どっちがほんとうかなんて、わかりゃしないいんだから」

老婆はうつむき、首飾りを指さきでいじった。

「いいえ、実際、噴火はあったんでしょう」千里《せんり》が言う。「だから海底火山がそこにあると皆知っている。伝承もいくつか残っています」

「そうかい」老婆が顔をあげ、細い目をしばたたいた。「あんたがそう言うなら、そうなんだろうね。京師《みやこ》の偉いさんなんだろ」

「偉いかどうかは、考えかたによりますね」

「ええ?」

「権力を持っておりませんので、そういった方面を期待するかたにとっては、役立たずです」

老婆は声をあげて笑った。

「なら、あたしにとっては信頼できる偉いさんだってことだね」

千里《せんり》も笑みを返す。之季《しき》は、ひそかに舌を巻いていた。

——このひとは、ひょっとして、ずいぶんと稀有《けう》なひとではないか。

序《じょ》家の当主にしろ、この老婆にしろ、千里には、相手を和《なご》ませる才がある。力任せに押し入るのではなく、ゆっくりと、雪が解けてゆくように心をひらかせる。

——陛下が信を置くわけだ。

笑いを収めた老婆が、ふと真顔になる。

「あんただから言うんだけどさ。ほかの誰に言ったたって、こんなこと信じちゃくれないからさ……」

「なんでしょう?」

「このところ、海が荒れることが多い。出港がのびのびになる船も多くなってね。そうすりゃ、水手《かこ》たちが退屈しのぎにあたしの占いを聞いてみたり、薬を買ったりしてくれるもんだから、商いとしてはありがたいんだけどさ。それにしたってね……」

「海が荒れる理由に、心あたりが?」

老婆は自信なさげに首飾りをいじりながらも、うなずいた。

「こういうときは、海神が荒ぶってるんだ」

「海神が……」

「あたしも巫婆《みこ》の端くれだ。感じるんだよ。恐ろしい。禍《わざわい》の前触れでなけりゃ、いいんだけど」

怖いんだ、と老婆はぽつりと言って、首飾りを握りしめた。


「どう思いますか」

昭《しょう》家の門を出たところで、之季《しき》は千里《せんり》に尋ねた。老婆の海神が荒ぶっている、という話についてである。が、千里はなにか考え事をしているようで、宙を見つめ、答えなかった。之季は問う相手を楪《ちょう》に替える。

「実際に、海は荒れてるんですか?」

楪は薄い髭《ひげ》の生えた顎《あご》を撫でさすりながら、「たしかに、このところよく海が荒れるなあとは思っとりました」と答えた。

「あのばあさんが言うことも、わからんでもないです。儂も海神さまが荒れてなさると感じます。禍の前触れかどうかは、わかりませんが……」

「おや、あなたも巫婆《みこ》でしたか」

之季《しき》は冗談で言ったのだが、楪《ちよう》は笑わなかった。

「儂は持衰《じさい》でしたんで」

「持衰？」

「航海における巫《ふ》ですね」千里《せんり》がぱっとふり向いた。「阿開《アケ》の風習です。航海のさい、必ず男ひとりを、頭を梳《くしけず》らず、虱《しらみ》をとらず、衣服は垢《あか》で汚れるに任せ、肉を食わず、婦人を近づけず、喪人《そうじん》のようにさせる……これが持衰です。衰というのは喪服のことですから、喪服を着させて、喪人を模しているわけですね。持衰は、航海がうまくいけば財物を与えられますが、難に遭《あ》えば殺されます」

「えっ」之季は驚いた。殺すのか。物騒な。

「一種の願掛けですね。喪人のように身を慎《つつし》ませて、航海の無事を祈る。無事にいかなかったら、持衰が身を慎まなかったということで、殺されるのです」

「儂はちゃんと慎んでいましたがね」

楪が言う。

「船が嵐に遭って、儂は殺されかけました。殺されちゃかなわんので、儂は海に飛びこんだんですよ。刀で斬られるより、海中で死んだほうがましです。儂は海人《あま》ですから、死ぬときは海です」

「でも、死ななかったんですよね」之季《しき》は言ってから、こうして目の前にいるのだから当たり前か、と思った。

「死にませんでした。浜に打ちあげられて、島民が介抱《かいほう》してくれまして。阿開《アケ》の言葉がわかりますから、海商《ハイシャン》に重宝がられました」

ふと、棵《ちょう》はなにか思い出したような顔をした。「そういえば……」

「なんです？」と千里《せんり》が問う。

「儂もそうでしたが、ひとが打ちあげられる浜というのがあるんですよ。海流の具合でそうなるんですが。もちろん、ひとのみならず、難破した船の木片だとか、どこかで捨てられた器《うつわ》だとか、そんなものも流れ着きます。死んだ者も」

船から落ちて溺《おぼ》れた者、釣りのさなかに波に攫《さら》われた者、岬《みさき》から身を投げた者――そんな骸《むくろ》が流れ着くのもおなじ浜なのだと、棵は言う。

「それがこのところ、骸が流れ着かなくなりました」

「死んだ者がいなかっただけでは」

「いえ、ひとの骸だけでなく、魚のたぐいも流れ着くんですが――深い海にいる魚だとか、遠い沖にいる大きな鱶《ふか》だとか、そんなものの骸が――それすらないので、妙だなと」

「海流が変わったということですか？」

千里《せんり》が考えるように顎に指を添える。楪《ちょう》は首をふった。

「それなら、なにも流れ着かなくなるでしょう。でも、木切れやら器やらは相変わらず流れ着くんです。それは変わりないんですよ」

「そうですか……」

しばらく考えこんでいた千里だったが、つと楪のほうを向き、

「海底火山のある辺りを見たいのですが、見える場所はありますか？」

と尋ねた。

「はあ、このさきにある岬からなら、見えると思いますよ」

「では連れていっていただけますか」

お安い御用です、と楪は歩きだす。高台にある昭《しょう》家から岬までは一本道で、すぐだという。細道は木々の生《お》い茂る林のなかにつづいている。そこを抜けると、風が吹きつけてきた。波音が近くなり、視界がひらける。ごつごつとした岩場の岬だった。

「あの辺りですね」

楪は沖合を指さした。が、之季《しき》にはそれが周囲の海とどう違うのかわからない。海の色が違うわけでもなく、波の流れが違うわけでもない。

それは千里もおなじだったようで、「見ただけでは、わかりませんね」と言った。

「夜明けごろになれば漁《いさ》り船《ぶね》が集まりますので、わかりますよ」

「漁の邪魔はしたくありませんから、昼間にでも、連れていってもらえませんか」

「あそこにですか？」

楪《ちょう》は不思議そうに訊き返す。「ええ」と千里《せんり》はうなずいた。

「そりゃあ、かまいませんが。見に行ったところで、海に潜《もぐ》るんでもないかぎり、ここで見るのと変わらんと思いますよ」

「いえ、何事も実際に確認しなくてはなりませんから」

「たいへんですなあ」

ふたりの会話をうしろに聞きながら、之季《しき》の目は岬の下にそそがれていた。下には浜があった。子供たちが貝殻を拾っているのが見える。男の子が多いが、女の子もいる。そして、大人の男がひとり。

之季は腕を押さえた。背後に妹がいる気がする。之季の袖を引いている。

——白雷《はくらい》。

そこにいるのは、紛《まぎ》れもなく白雷だった。妹が殺される元凶となった、仇敵《きゅうてき》である。之季の腕が震えた。

「楪どの……」

之季《しき》は浜辺を指さした。

「あれらは、島の民《たみ》ですか?」

「ん? どれどれ……いや、あれは海燕子《ハイイエンツ》ですよ。昭《しょう》ばあさんも言うておりましたが、近くの窟《いわや》に住み着いておるんです。いまの時季だけですが。ほれ、彼らはひとところにそう長いこと、とどまりませんので」

「まだしばらくいるのでしょうか」

「春さきまでは、おりましょう」

そうですか、と之季は袖を握りしめた。

「彼らに御用がありますか。あちらまで案内しましょうか?」

「いえ、けっこうです」

強く、硬い声になった。楪《ちょう》が目を丸くする。「すみません、大丈夫です」と之季は言い直した。

ふいに、千里《せんり》がくしゃみをした。

「さすがに、すこし冷えますね」

遮《さえぎ》るもののない岬なので、まともに風にさらされている。汗が冷えていた。

「風にあたるのは、よくありません。屋敷でお休みになったほうがいいですよ」

　棟《ちょう》が心配そうな顔をする。風は病《やまい》を運んでくると、俗に言う。

「屋敷というのは？」

　之季《しき》が訊くと、

「若芳《じゃくほう》さまの屋敷です。そちらにお泊まりいただけるように、用意が整えられているはずですよ」

「それはかたじけない」

　三人は岬を離れ、若芳の屋敷のある港近くへと戻ることにする。林の手前で之季は一度、岬をふり返った。見えるのはただ、青い空だけだった。


　屋敷に着くと、千里《せんり》は休憩もそこそこに、文を書きはじめた。

「報告はこまめに入れたほうがいいですから」

　千里は高峻《こうしゅん》への報告とともに、寿雪《じゅせつ》への文もしたためていた。寿雪は眠ったままだというのに。

「烏妃《うひ》さまは読めぬでしょうに」

「そうとも限りますまい。いまごろ目を覚ましていらっしゃるやもしれません」

　千里は笑う。彼がそう言うと、そんな気がしてくるから不思議だ。

之季《しき》も高峻《こうしゅん》への報告を書かねばならない。携帯している算袋《さんたい》から、筆と硯《すずり》をとりだした。

若芳《じゃくほう》が用意してくれた部屋は広々として、明るい。界《ジェ》島の屋敷というのは、湿気を防ぐためだろう、高床式で、島で調達できる杉の木で造られている。窓も扉も大きく、風通しがよい。ほかの家々とおなじく防風のための練塀に囲まれた若芳の屋敷は、とりたてて豪勢な屋敷ではなかった。贅沢《ぜいたく》な調度類もなく、いたって質素で、若芳が私腹を肥やしていないのはよくわかった。港はよく整えられているし、人々に荒《すさ》んだ様子もなく、島は活気があった。今日着いたばかりで、まだ見えていない部分も多いのだろうが。

之季は筆をとめる。

——白雷《はくらい》がいたことも、報告せねば。

いったいどうして、彼がこの島にいるのだろう。なにか悪いことが、この島で起こらねばいいが……と思った之季は、それが昭《しょう》家の老婆が口にしていたこととおなじだと気づき、いやな予感が増した。

「董《とう》どのは、この島に禍《わざわい》が起こりそうな気がしますか?」

「さあ、私はそういったことは、わかりません」

千里《せんり》はあっさりと答える。

「ただ、海に異変が生じているという事実は、気にかけねばなりませんね」

海が荒れていること、骸の漂着がなくなったこと。それは漠然《ばくぜん》とした予感などではなく、事実だ。千里《せんり》はちゃんと区別している。

「昭《しょう》氏の話から、千年前に海底火山の噴火があったことがわかります。千年前、伊喀菲島《イカヒ》も噴火が起きて沈みました」

「どちらも千年前ですか」

「千年前、なにがあったと思いますか」

「さあ……」之季《しき》は首をかしげる。「千年前というと、戦乱期のさなかですね」

ええ、と千里はうなずく。ほのかに笑みをたたえている。こういう話が好きらしい。

「ひとの戦のみならず、神の戦もあったのですよ」

「え？」

「烏漣娘娘《うれんにゃんにゃん》と鼇《ごう》の神が戦ったのです。その激しさに伊喀菲島は噴火しました。鼇の神は西《せい》海《かい》に沈み、烏漣娘娘は半身が東海《とうかい》に沈んだ。その東海というのがこの界島《ジエ》周辺の海、さらに言えばあの海底火山の辺りだと考えています」

之季は千里の語る内容に啞然としていたが、さほど意外にも思わなかった。千里が冬官だからだろうか。

「なぜかと言えば、伊喀菲島が噴火したように、烏漣娘娘の半身が沈んださきにも異変があったのではないかと考えられるからです。界島《ジェ》には海底火山についてだと思われる伝承がいくつか残っています。そして千年前に噴火があったらしいとわかりました。やはり半身はここに沈んでいる見込みが高い」

「……つまり、あなたは、烏漣娘娘《うれんにゃんにゃん》の半身をさがしているわけですか」

「そのとおりです」

「どうして」

「烏妃《うひ》さまを救うためです」

——そういうことか。

いや、烏漣娘娘の半身をさがすことがなぜ寿雪《じゅせつ》を救うことになるのか、そのあたりはわからないが。ただ、千里《せんり》の行動と目的がつながった。

「半身がたしかにあるかどうかは、烏妃さまでないとわかりません。そのためには烏妃さまにおいでいただかないといけませんが、なにがしかの危険があってはいけませんから、すぐさまお呼びするわけにもまいりません。そうした点からしても、海に異変が起きているのが気にかかるのです」

「では、異変についてもっと調べねばいけませんね」

そう言った之季《しき》を、千里はまじまじと眺めた。

「なんです?」

「いえ……、あなたは理解も切り替えも早いかたですね。優先すべきことがわかってらっしゃる。助かります」

「そうでもありませんよ」

千里《せんり》に感心されると、どうも据わりが悪い。之季《しき》は視線を手もとに落とした。袖が目に入り、ぎくりとする。白い手が袖をつかんでいる。之季は目をそらした。

「……ひとつ、冬官であるあなたに尋ねたいことがあるのですが」

「はい?」千里は首をかしげたが、之季の様子を見て、居住まいを正した。「どうぞ」

「私は以前、烏妃《うひ》さまにご相談したことがあります。私には妹の幽鬼《ゆうき》が憑《つ》いている。血のつながらぬ妹ですが……。彼女は殺されました。殺した者たちは処刑されましたが、その元凶となった者は、罰せられることもなく生きています。私はその者を憎んでおりますし、復讐したい。でも、妹の幽鬼はそれを望んでおりません。妹が楽土《らくど》へ渡れないのは、私のせいだと烏妃さまはおっしゃいます。私の憎しみが妹をとどめているのだと……。では、私は復讐をあきらめるべきですか。憎むのをやめねばなりませんか」

話しているうちに、声は熱を帯びてくる。岬から見た白雷《はくらい》の姿がちらついた。すぐさま白雷のもとへ駆けつければよかった、と思ういっぽうで、妹を苦しめたくない、と思う。

千里《せんり》は長いこと黙っていた。やがて、まず——と口をひらいた。

「まず、冬官というのは烏妃《うひ》さまと違って幽鬼についてはわかりません。見えませんし、祓《はら》えもしません」

ようやくしゃべったと思ったらそんなことだったので、之季《しき》はいささかがっかりした。

「はあ」

「ですので、烏妃さまのおっしゃることを前提にするほかありません。妹御《いもうとご》を楽土へ送りたいのであれば、憎むのをやめねばならない。憎みつづけたいのであれば、妹御を楽土へは送れない。この二択しかありませんが、そもそも、憎む憎まないというのは、理性で決められることではありませんね。憎しみを理性で抑えることはできても、消すことはできませんので」

「ああ……」

「いっぽうで、復讐というのは、実行ですね。これは、やる、やめるというのを理性で決められます。ただ、これも憎しみとつながっているわけですから、実際に相手を目の前にしたとき、理性は働かないかもしれない。——結論として、私は復讐をあきらめることも憎むのをやめることも、すべきかどうかではなく、かぎりなく難しいことだと思います。『すべき』と思っている時点で、できないとあなたもわかってらっしゃる」

之季《しき》は大きく息を吸いこみ、吐きだした。ひどく腑《ふ》に落ちた。千里《せんり》の言うとおりだった。千里は、どうすべきか、という話ではなく、いまここにある事実の話をしているのだ。

「あなたができることは、腹をくくることでしょう」

「腹をくくる……」

「妹御を楽土へ送ってやれないことへの覚悟です。あなたは憎しみを手放せないばかりか、それに苦しみつづけなくてはならない」

之季は腕を押さえた。覚悟など、できようか。妹をずっと縛りつけたままで。

「なにをするにも、腹をくくっていないと、いざというとき動けません」

千里が言うと、真実味がある。寿雪《じゅせつ》のために首をさしだせるひとである。

之季はすこし笑った。

「復讐をとめるどころか、すすめるのですか?」

「すすめはしませんが……」千里はさびしげな微笑を浮かべた。「間違った道だとわかっていながら、己《おのれ》の意志を貫《つらぬ》いて、自裁《じさい》したひとを知っています」

はっと、之季は千里を見た。

「意志を貫くのであれば、覚悟をなさい」

千里はとても静かな表情をしていた。ふいに之季は恥を覚えて、頭《こうべ》を垂れた。

＊

千里《せんり》からの文を読み終えて、寿雪《じゅせつ》は考えこんだ。

——やはり、界島《ジエ》か。

千年前の伝承からすると、そこに烏《からす》の半身があると見ていいだろう。加えて気になるのは、海に起こっているらしい異変である。

——海が荒れている……。

その意味はなにか。

寿雪は烏との対話を思い出していた。

烏は千年前の戦いのとき、なわばりを侵《おか》して、楽宮《ささらのみや》の神に怒られたのだと言っていた。

界島は境界の島なのだと。

「……」

黙って考えこんでいた寿雪は、立ちあがり、厨子《ずし》から麻紙《まし》をとりだした。

「文ですか」と、九九《ジウジウ》がうれしそうに硯と墨の準備をする。

千里に伝えねばならない。境界の島であるということを。

界島《ジエ》の人々が信仰する海神とは、楽宮《ささらのみや》の神かもしれない。その海神が荒ぶっているというなら、なわばりを荒らすなにかがあるからではないのか。千年前のように。

——いやな予感がする。

千里《せんり》は、船で海底火山の辺りを見に行くつもりだと書いていた。寿雪《じゆせつ》がそこにいたなら、とめている。

文を急使で出してもらっても、すぐには届かない。そもそも千里からの文だって、こちらに届くまでに相応の日数がかかっている。いま、千里はどうしているのか。

「文では間に合わぬ」

寿雪は筆を放りだした。

「高峻《こうしゆん》に使いを。わたしは、界島へ行く」

*

小舟を出せるくらい波が静まるまで、二日かかった。三日目の午後になって、風がゆるやかになり、波も低くなった。空を覆っていた雲も晴れている。之季《しき》と千里は、棹《ちよう》の漕《こ》ぐ小舟で、ようやく海に出られた。小舟に揺られながら、之季は海上を眺めていた。海は荒れているときと、穏やかなときで、ずいぶんと顔が違う。

「この島の西側を、南から来たあたたかい潮が流れてましてな、それが島の北側……つまりこの辺りを通って、沖で阿開《アケ》のほうからの海流とぶつかります。ぶつかると、今度はその潮は南に曲がってゆくんです。ちょうど、界島《ジェ》を取り囲んでいるような形ですな」

櫓《ろ》を漕ぎながら、楪《ちょう》はしゃべる。波が小舟にあたる音と楪のしゃがれた声が、不思議と心地よかった。

「あたたかい潮に囲まれているから、冬でもこの島はあたたかいのですね」

千里《せんり》が納得したように言う。

「へえ、そうです。島があたたかいのは、潮のおかげです。潮は、風によって運ばれます。風は、いいものも悪いものも運びます」

気候のあたたかさに海流が関係しているとは思ってもみなかった之季《しき》は、面白いな、と思った。己のことを海人《あま》だと言った楪は、なるほど海に出ると生き生きとして、舌もなめらかに動いた。海のことならなんでも知っていそうな気がしてくる。

「風は、幽宮《かくれのみや》と楽宮《ささらのみや》から生まれるものです。神の宮から生まれた風は、巡り、絡《から》まり、やがてまた神の宮へと戻ってゆくのです」

風が海を動かし、夏も冬も支配して、巡り巡る。雄大な循環だ。

之季《しき》はちらりと千里《せんり》のほうをうかがう。千里は浜で拾った小石を手のなかでもてあそんでいた。傍《はた》から見てもわかる、機嫌のいい笑みを浮かべている。機嫌がいいのは、一昨日届いた高峻《こうしゅん》からの知らせで、寿雪《じゅせつ》が目を覚ましたことがわかったからである。

「その石は？」と問えば、「軽石です」と返ってくる。細かな穴のあいた柿色の石で、手渡されてみると、非常に軽かった。

「昭《しょう》氏の話のなかに、あったでしょう。赤い石が海面を埋め尽くしていたと。噴火で飛び散った軽石ですよ。それが漂着したのでしょうね」

昭氏の伝承を裏づける品である。

「ほかにも大小さまざま、色も白だったり黒だったりする軽石が浜に流れ着いていました。きちんと調べれば、噴火の証拠はたくさん見つかると思いますよ」

「なるほど……おっと」

小舟が揺れて、之季は縁《へり》をつかんだ。棹《ちょう》が突然、櫓を漕ぐ手をとめたのだ。

「どうしました？」

見あげると、棹は眉をひそめて前方に目を凝《こ》らしている。

「ありゃあ、なんだ」

「――令狐《れいこ》どの、あれを」

千里《せんり》が前方を指さし、鋭い声をあげた。彼からはじめて聞く、緊迫した声だった。

之季《しき》も目を凝らし、千里の指さす海面を眺める。海の色が、周囲と微妙に違って見える。黄土色《おうど》に、濁っているような……。

——濁った水。

つい最近、耳にした言葉ではなかったか。昭氏《しょう》の話のなかで。

舟を戻せ、と叫ぶ前に、それは起こった。

腹の底を震わせる轟音が響き渡ると同時に、黒い水が天高く噴きあがったのだ。水——水というよりも、雲の塊《かたまり》のようだった。それが四方に噴きだしている。その周囲に黒い粒のようなものがぱらぱらと見えたかと思うと、そばで鈍い音がした。小舟の底に穴があいている。

——石つぶての雨。

血の気《け》が引く。海に飛びこんだほうが——、と思う間もなく、高波が小舟を押しあげ、ひっくり返った。三人は海に投げだされる。無防備な口に海水が流れこみ、之季はもがいた。視界は暗い。海のなかというのは、こんなにも暗かったのか。

苦しい。

もがく手は海水を掻《か》くばかりで、之季の意識は、すぐに失われた。

＊

見たことのない景色だった。白雷《はくらい》は岬に立ち、呆然と海を凝視《ぎょうし》する。轟音が鳴り響いたかと思うと、海面から濁水が噴きあがっていた。

——噴火なのか？

さすがに青ざめ、白雷は浜へと急いだ。衣斯哈《イシハ》や阿兪拉《アユラ》は海に出てはいないはずだが、と思いながらも、冷や汗が背筋を伝う。浜に着くと、ふたりがぽかんと口をあけて噴火を眺めていたので、ほっとした。

——鼇《ごう》の神がなにかしたのか？

あれがこのところ、死骸を貪《むさぼ》っていたのは知っている。海を漂流する屍《しかばね》を食らい、傷を癒《い》やしているのだ。おかげで浜に流れ着く死骸はなくなった。

それが関係しているのか、それとも、まったく違う事象か。

那它利《ナタリ》や、ほかの海燕子《ハイイエンツ》も集まってくる。この浜は島民の使わない浜で、だから彼らが居座っていられるのだが、いまも島民が来る気配はない。おそらくべつの浜や港で、大騒ぎをしているのだろう。

しばらく眺めていたが、噴火は激しくなったり、弱まったりをくり返して、おさまる様子がなかった。そのうち、雲が上に集まり、低く垂れこめる。なまあたたかい、妙な風が吹いていた。異様な景色に、皆、言葉が出なかった。

白雷《はくらい》はふと、ひとすじの風を感じた。海から吹きつける風とは異なる、涼やかな細い風だった。

——こんな風を感じるときは、ろくなことがないが。

風は岩場から吹いてくる。そちらに目を向けると、岩陰に白い手が見えた。小花柄を捺《なっ》染《せん》した、薄黄色の袖がちらりとのぞく。若い女の手に見えた——無論、生きている女ではない。

白い手は、白雷に向かって手招きする。ふだんだったら無視していたが、このとき、白雷は自然とそちらに足を向けていた。

手は、海のほうを指さした。岩場の前は浅瀬になっていて、よく流れ着いた海藻などが岩にからみつき、あるいは干潮になると魚が取り残されている。手の指し示すまま、その浅瀬を見れば、波に揺られ、浮かんでいるひとの姿があった。三人だ。

——噴火に巻きこまれた漁師が、流れ着いたのだろうか。

そう思ったが、身なりを見て、違うとわかった。ひとりは島民のようだが、ふたりは官吏なのか、それらしき袍を着ている。ひとりの顔に、見覚えがあった。どこかで——賀州《がしゅう》だったか、そこで見た顔だ。

白い手は、いつのまにか消えている。白雷《はくらい》を追ってきた衣斯哈《イシハ》が、浅瀬をのぞきこんで「ひとだ！」と叫んだ。海燕子《ハイイエンヅ》たちが駆けよってくる。彼らはなんの躊躇《ちゅうちょ》もなく海に入っていって、流れ着いた三人に近づいた。

まだ息がある、という声がする。そうだろう。屍になっていたなら、鼇《ごう》の神が食っていただろうから。

白雷の足もとまで波が打ち寄せる。岩になにかが引っかかっていた。舟の木切れかと思ったが、違う。黒い。

黒い刀だ。

白雷はそれを拾いあげた。

沖でまた、激しく水の噴きあがる音がした。

血の鎖

賀州《がしゅう》の地は、みずみずしく、輝いている。

峻嶺《しゅんれい》な山々から平野にそそぎこむ川は、昔から何度も氾濫《はんらん》をくり返しているが、そのたび土を豊かなものにしてきた。旱《ひでり》でも水は涸《か》れたことがなく、稲にしろ桑《くわ》にしろ、よく育った。肥沃《ひよく》な土壌は、おそらく霄《しょう》のなかでも随一《ずいいち》だろう、と晨《しん》は思っている。

晨は船から降り立ち、ひさかたぶりに故郷の土を踏んだ。遠くに見える山の高峰は、雪に覆《おお》われている。平野には田畑が広がり、ひとびとの集落は山麓《さんろく》にあった。港から山麓にかけては、大きな道が通っている。かつて沙那賣《サナメ》がこの辺りの領主だったころ、造った道だ。土を掘り下げ、小石を敷いて地面をたたき固め、ぬかるみを防ぐために砂を盛る。湿地には木の枝や葉を敷きつめ、そのうえに土を盛った。そうすれば、雨や地下水で地面がぬかるみ、沈下するのを防げて、頑丈な道になる。養蚕《ようさん》にしても農作にしても、そしてこの道造りにしても、沙那賣は工夫をこらして改良するという術に長《た》けている。晨は、この道を踏みしめるたび、いつも誇らしい気分になった。通りを行くひとは多く、皆、晨を見ると一様に礼をとりあいさつをする。いまでも沙那賣は、この地の領主のように扱われる。

沙那賣の屋敷は、集落からはすこし離れた高台にあった。ひときわ大きな門がここからでも見える。黄土《おうど》色の土壁が、陽《ひ》を受けて黄金のように輝いていた。晨はそちらには向かわず、脇道に入った。ゆるやかな丘陵地《きゅうりょうち》に桑畑が広がっている。季節柄、桑は葉を落としている。温暖な地域ではあるが四季はあり、冬になればそれなりに寒い。

丘は港近くにまで迫った山へとつづいている。晨《しん》は山道を登った。するとすぐに視界がひらける。木々の合間に、突如《とつじょ》としてこぢんまりとした家が姿を現した。茅葺《かやぶ》きの屋根に、細かい格子《こうし》の入った扉と窓が特徴的な家だ。扉にはのぞき窓がついている。柴垣《しばがき》がめぐらされているが、獣が荒らすのか、ところどころ崩れて穴があいていた。家からは機織《はたお》りの音がする。軽やかでよどみないこの音が、晨は幼いころから好きだった。音をとめてしまうのが惜しく、声をかけるのをためらう。しばらく佇《たたず》んでいると、機織りの音はとまった。家のなかから、ひとりの老女が出てきた。

「やはり、若さまでいらっしゃいましたか」

ほがらかに笑う。「客人は、枯れ葉を踏みしだく足音ですぐわかります。そして、若さまは気を遣《つか》ってすぐには声をおかけになりませんからね」

「ご明察だな」

晨も、この老女には気安く笑いかける。老女は浣紗《かんさ》といい、晨の母の乳母《うば》だった。母の輿入《こしい》れとともに沙那賣《サナメ》にやってきた浣紗は、母が晩霞《ばんか》を産んだあと亡くなると、ここに隠居した。この家屋敷は、母の療養のために父が用意したものだった。

晨は母よりも、己《おのれ》の乳母よりも、この老女によくなついた。それはいまでも変わらない。

「京師《みやこ》にいらっしゃるとうかがっておりましたけれど、いつお戻りに？」

「ついさきほど」

「まあ、それでは朝陽《ちょうよう》さまにもまだお会いになってないのですか」

「このあと向かう」

「いけませんよ、お父上よりさきにこんな婆《ばば》のところにいらしては」

そう言いつつも、浣紗《かんさ》は晨《しん》を帰らせようとはせず、なかへと招じ入れる。帳《とばり》で区切られた室内には、入ってすぐに機《はた》が据えてあった。家のうしろに別棟《べつむね》で蚕室《さんしつ》もあり、浣紗はそこで蚕《かいこ》を育て、糸をとっていた。自分ひとりの世話ぐらいできるからと、ふだんは婢女《はしため》も置いていない。蚕の世話で忙しくなるときだけ、年若い婢女をひとり雇うが、少女と老婆のふたりでは、蚕の世話はたいへんだろう。養蚕は女の仕事だとはいえ、蚕が育つ時期は日に何度も刻んだ桑の葉を食べさせねばならない。昼夜を問わず見守らねばならないので、そうとうな重労働だ。

「そろそろ、蚕はやめにしたらどうだ」

浣紗の暮らし向きは沙那賣《サナメ》が面倒を見ているので、不自由はないはずだ。だが、浣紗は「やることがなくなってしまいますからね」と笑う。

「働いていないと、かえって体を悪くするんですよ、わたしらのような者は」

「そうは言ってもなあ……」

「まだまだ若さまに、わたしの織った絹《きぬ》を着ていただかないと」

浣紗《かんさ》は立ちあがり、奥から反物《たんもの》を持ってくる。まだ染めていない、白地の反物だ。

「これはこのあいだ織りあげたものです。お屋敷にお届けにあがろうと思っておりましたから、ちょうどようございました」

反物を広げた晨《しん》は、織り目がわからぬほどのなめらかさに感嘆《かんたん》する。

「なるほど、腕前は衰《おとろ》え知らずだな。いや、むしろ年々、凄《すご》みを増してゆくような」

「まあ、お上手ですこと」

世辞ではなかった。浣紗は昔から織りの名人だったが、歳をとるにつれてさらに磨きがかかっている。

亡き母の生家は名門であり、その乳母だった浣紗も、本来なら手仕事などする必要のない立場である。しかし母が子供のころにはずいぶんと没落していたそうで、浣紗やほかの召し使いたちは金策に走ったり、内職をしたりと苦労したようだ。母が沙那賣《サナメ》に輿入れした理由も、おのずと知れよう。

「ところで若さま」と浣紗が目に笑みを浮かべる。

「お父上のもとに顔を出せないようなおいたをなさったんですか?」

晨《しん》は苦笑した。「子供じゃあるまいに」

「あら、若さまは子供のころからおいたはなさいませんでしたよ。お行儀のいいお子さまでしたからね。籠《かご》いっぱいの蛙《かえる》をとってきて、驚かされたことくらいですよ」

いくつになってもこうしたことを言われるので、頭があがらない。浣紗《かんさ》は笑みを浮かべたまま、案ずるような色を目ににじませた。

「お父上に叱《しか》られでもしましたか」

「いや」晨は目を伏せた。「父上は俺を叱りはしないよ。知っているだろう」

あの父は、そこまで自分に関心がない。それを晨はよくわかっている。

浣紗がなにか言いかけたとき、外で枯れ葉を踏みしだく足音が聞こえた。なるほど、浣紗の言うとおり、来客があればすぐにわかる。とはいえ、晨がここにいるとき、来客があったためしなどなかったが……。

「若さま……」

誰だろう、と思う間もなく、声がした。

「兄上、こちらにおいでか」

やわらかいが、妙に冷えびえとしたところのある声だ。馴染《なじ》みのある声だった。

「亘《こう》」

晨《しん》が外に出ると、弟の亘《こう》がいた。すぐ下の弟である。地味な納戸《なんど》色の長衣に身を包み、真意のうかがえない、ほのかな笑みを浮かべている。

「父上がお待ちだ。迎えを出そうとなさっていたので、俺が来た」

――父上にはすべてお見通しか。

当然と言えば当然だった。ここに来る途中で多くの民《たみ》と顔を合わせているのだから、帰郷したこともすぐに伝わったのだろう。

「申し訳ございません、わたしがお引き留《と》めいたしまして……」

浣紗《かんさ》があわてて家から出てきて、謝る。

「いや、訪ねたのは俺なのだから」

と晨が言うのを亘は聞かぬふりで、「兄上のやさしさに甘えてもらっては困る」と浣紗を叱責《しっせき》した。きょうだいのなかでいちばん柔和《にゅうわ》な顔立ちをしていながら、亘はいちばん手厳しく、冷ややかだった。父に似て。

浣紗は申し訳なさそうにうなだれた。

「亘――」

「行こう、兄上」

亘はさっさと歩きだす。晨は浣紗をふり返り、「すまんな」と謝った。

「いえ、そんな」

「さきほど、なにか言いかけたのではなかったか」

「いいえ、よろしいのです。早くお戻りくださいませ」

力なく笑う浣紗《かんさ》に、晨《しん》は胸の痛みをおぼえる。「また来る」とだけ言い置いて、亘《こう》を追いかけた。

「亘、なにもあのような——」

「帰ってきたのであれば、まず父上にごあいさつなさるのが筋ではないか、兄上。それを

促《うなが》さないあの者は害毒だ」

「浣紗は母上の乳母だぞ」

「だからなんだと？　あとで来ればよいものを。民たちになんと噂《うわさ》されるか、おわかりか。

父上と不仲だと思われたいのか、つぎの当主ともあろうひとが」

「……」

亘と話していると、茨《いばら》に包まれているような心地がする。声を荒らげることも、罵《ののし》るこ

ともないが、亘の言葉はちくりちくりと冷たくこちらを刺してくる。

「兄上は、ここにはもう来ないほうがいい」

「なぜだ」

「浣紗《かんさ》が父上を悪く言っているのを知らないのか。あれは沙那賣《サナメ》に養ってもらっておいて、恥知らずな者よ」

「まさか……」

亘《こう》は薄く笑った。

「兄上はおやさしいから、利用されるのだ。育ちのよさでもあろうが」

晨《しん》はむっとした。

「育ちはおまえもいっしょであろうが」

「跡継ぎの長男と次男をいっしょにしてもらっては困る。天と地ほども違うぞ、兄上」

——そんなことはあるまいに。

現に、跡を継ぐのは亘ではないかと、ひそかにささやかれているではないか。

「兄上には、もっと跡継ぎの自覚を持ってもらわねばならぬ。とくに、いまは。京師《みやこ》がなにやら騒がしいのだろう？」

「もう知らせが届いているのか」

「当たり前だろう。あの父上だぞ」

晨は冷や汗をかいた。父に会うのが気まずいからと、寄り道などしている場合ではなかった。

――父上がどう動くか、さぐってほしいと頼まれているのに。

晨《しん》は、高峻《こうしゅん》から直々《じきじき》に密命を受けていた。そこではじめて、寿雪《じゅせつ》が前王朝の遺児であること、そのために父・朝陽《ちょうよう》から危険視されていることなどを知った。父がかつて白雷《はくらい》を使って寿雪に脅《おど》しをかけたことも聞いた。

――まさか、そんなことになっているとは。

父の考えはわからないでもないが、だからといって実力行使に出るのは、行き過ぎだ。しかも、相手はうら若い少女ではないか。晨の脳裏に、寿雪の白い顔が浮かぶ。

「兄上も、その件で帰ってきたのだろう？ ――兄上？」

けげんそうな亘《こう》の声に、はっとする。「あ……ああ」

「だから、父上はお待ちかねだ。詳しい話が聞きたいと」

「……そうか」

――父上が俺を待っていたのは、その報告を聞きたいがためか。

父の意に逆らって京師《みやこ》にとどまったことなど、父にとっては、たいした問題ではなかったのかもしれない。晨は、ずいぶん思い悩んだというのに。

「こちらのほうで、俺のいないあいだ、なにか変わったことはなかったか」

「とくには。――ああ、そういえば」

「なんだ？」

「いや、これは、直接父上から聞いたほうがいい」

「いま言え」

と晨《しん》がせっついても、亘《こう》はにやにやとするだけだった。


高台にある沙那賣《サナメ》の屋敷からは、平野が一望できる。田畑はいまの時季、黒々とした土を見せているだけだ。養蚕も終わり、冬のあいだ女たちは家に籠《こ》もって機を織る。男たちは織り上がった反物をよその土地へと売りに出る。沙那賣の一族もそれはおなじだが、沙那賣の女たちが織った絹は、主《おも》に界島《ジエとう》へと運ばれた。異国へと渡るのである。蚕の育てかたのうまい者と織りの名人は重宝《ちょうほう》されて、求婚者が群がった。

「烏妃《うひ》は処刑をまぬかれて、使職《ししょく》をあてがわれたと聞いたが、まことか」

開口一番、朝陽《ちょうよう》が言ったのは、それだった。やはり父は無駄なことは言わない、と晨は感心さえ覚えた。長旅を労《ねぎら》うことさえしない。

それにしても、と思う。父の口ぶりは、いかにも烏妃を軽んじている。

「重臣がたが、そろって処刑には反対なさったそうです」

「雲侍中《うんじちゅう》のみならず、何中書令《かちゅうしょれい》までもが？」

「いえ、そこまでは存じません」

晨《しん》の返答に、朝陽《ちようよう》は眉をよせた。『使えない』と思われていそうだ。

「それに、お妃《きさき》がたの助命嘆願があったと」

朝陽の眉間《みけん》の皺《しわ》はますます深くなる。額《ひたい》に青筋が浮くのではと思うような、険《けわ》しい顔だった。晩霞《ばんか》のことが頭に浮かんだのだろうか。

「……市井《しせい》にも、烏妃《うひ》さまの評判はあまねく響き渡っております。なにしろ、屍《しかばね》の群れを薙《な》ぎ払い、噴きあがる水柱を一矢《いつし》で退《しりぞ》けたといいますから」

鋭い視線が晨に向けられる。目をそらしたくなったが、こらえた。心の奥を見透かされそうで、肝《きも》が冷える。

「おまえは、それを見たのか」

「い……いえ。噂で聞いただけですが」

「どこまで真実かわからぬことを、軽々《けいけい》に信じるな」

朝陽の声音はあいかわらず腹に重く響くが、いまはそこにすこしの苛立《いらだ》ちを感じる。めずらしいことだった。晨と亮《りよう》が京師《みやこ》に残ると告げたときさえ、こんな声は出さなかった。

それほど、寿雪《じゆせつ》を疎《うと》んじているのか。

「すこし前に、羊舌氏《ようぜつ》が塩鉄使《えんてつし》に任じられたであろう。彼の動きはわかるか」

「そのかたは……たしか、烏妃《うひ》さまの処刑に関してはなにも意見をしなかったと」

この返答には、朝陽《ちょうよう》は考えこむように顎《あご》を撫でていた。「まあ、羊舌氏《ようぜつ》はそうするしかなかろうな」とひとりごちる。

「陛下は、北辺《ほくへん》山脈のほうの州院《しゅういん》や使院《しいん》になにか命令を下されたか？　軍の動きは」

側近でもないのに、そんなことがわかるわけがない。

「表立った動きはなにも」

朝陽は晨《しん》をじっと見つめたが、晨は背筋に冷や汗をかきながらも、目をそらさずにいた。

「まあいい」と視線を外されて、ほっとする。が、つぎの言葉には虚を衝《つ》かれた。

「春になったら、吉《きっ》家の菟女《とじょ》と娶《めあわ》せる。その心づもりでいるように」

「——私の話ですか？」

間の抜けた声が出た。朝陽はじろりと晨をにらむ。父はわかりきったことを問われるのが嫌いだ。

「吉菟女というと……」

吉家は、沙那賣《サナメ》の分家のひとつである。分家といってもずいぶん前に分かれた家で、立場としては家臣にあたる。

「今年十六になる。機織りの腕はまずいが、桑摘《つ》みを厭《いと》わぬ働き者だ。妻にはそういう者がよい」

晨《しん》は、名家の娘で、召し使いが金策に奔走《ほんそう》しても針の一本も手にしなかったという亡き母のことが、頭をよぎった。母は嫁《とつ》いできても、なにもしなかった。子供は乳母に任せきりで、部屋に引き籠もり、ろくに顔も見せなかった。晨は声をかけられた覚えさえ、ない。

「服喪《ふくも》は、よろしいのですか」

と、晨は問う。

「吉鹿女《きつろくじょ》の娘でしょう」

——父のはかりごとの責めを負って死んだという、晩霞《ばんか》の侍女《じじょ》。

朝陽《ちょうよう》の眉がぴくりと動いた。

「婚儀の一切は、喪が明けてからはじめたほうがいいのでは」

「それでは遅すぎる」

父母の服喪は三年と決まっている。婚儀にも面倒な手順があるので、実際に嫁いでくるのは四年近くさきになってしまうのだ。

「吉鹿女は菟女《とじょ》を実家の吉家に託して、晩霞の侍女になった。菟女は吉家当主の娘として育てられている。ゆえに、喪に服さずともよい」

——ずいぶん無茶なことを言う。

母は母ではないか。そんな道理があるか。たとえ遅くなったとて、喪が明けてから娶《めと》ればいいではないか。なぜそれほど急ぐのか。

──それに……。

吉鹿女《きつろくじょ》は父のために死んだ。その娘を娶るのは、気が重い。事実を知ったら、菟女《とじょ》は父を、自分を恨むのではないか。

「不服か」

浮かない顔の晨《しん》に、朝陽《ちょうよう》が言う。

「喪中の娘を娶るのは、気が進みません」

当然ではないか、と思ったが、朝陽は冷ややかな目をしている。

「烏妃《うひ》に心奪われたか」

ぎょっとした。

「な、なにを──」

一気に汗が噴きでる。舌がもつれた。

「おまえでは、烏妃はあまりに荷が重かろう」

「なにを、おっしゃっているのですか」ようやくまともに言葉が出た。「なぜ、急に烏妃さまの話になるのですか。心奪われてなどおりません」

「ならば、ほかに意中の娘でもいるか」

「おりません。私は吉莬女《きっとじょ》が気に入らぬのではなく、喪が明けてからにしてほしいと言っているのです」

「ならぬ」

「なぜです」

「京師《みやこ》でよからぬ動きをされては困るからだ」

ぎくりとする。

「私の耳に入らぬとでも思ったか。おまえも沙那賣《サナメ》なら、この地を離れるな。ここで妻を娶り、暮らせ」

言うだけ言うと、朝陽《ちょうよう》は席を立ち、部屋を出ていった。父はいつもこうである。晨《しん》は小さく息を吐いて、立ちあがる。部屋を出ると、そのまま外に向かった。ずっと暮らしてきた屋敷なのに、いまは息がつまる。

屋敷の背後には、桑畑が広がっている。すでに葉は落ち、蒼空《あおぞら》に枝ばかり伸びているのが寒々しい。子供のころは、初夏になるのが待ち遠しかった。実が熟すからだ。黒々と熟した実を枝から摘んでは口に入れ、弟たちと競うように食べていた。口のまわりや指が黒く汚れ、浣紗《かんさ》に叱られたものだった。桑畑を歩いていると、そんな日々が思い出されて、胸の奥が妙に痛んだ。青すぎる冬空が目にしみる。

落ち葉を踏む音が耳に入り、晨《しん》はそちらをふり向いた。少女がひとり、木のうしろからあわてて走りだすところだった。声をかける間もなく、少女は木の根につまずいて転ぶ。

「大丈夫か」

晨は少女に歩みより、手を差し伸べた。十五、六ほどの、ついこのあいだ髪を結いあげる歳を迎えたばかりのような、稚《いとけな》い少女だった。身なりは悪くない。使用人ではないだろう。客人か。――そこまで考えて、晨は、あっと思った。恥ずかしそうに顔を伏せた少女の頰は赤い。

晨の手を借りて立ちあがった少女は、揖礼《ゆうれい》すると、ひとことも口をきくことなく走り去ってしまった。

「桑中《そうちゆう》の逢瀬《おうせ》とは、兄上も隅に置けぬ」

急に亘《こう》の声がして、晨は驚いた。亘は桑畑のあいだから姿を見せる。いつからいたのだろう。

「あれは、吉菟女《きつとじよ》だろう。さっき吉家の当主が来ていた。つれてきたんだ」

「ここにいたのは、当主の指示か」

偶然を装《よそお》って会わせようとしたのかと、不快に思った。

「さあ、それは知らぬが……兄上を見かけて、追いかけてきたのでは？」

追いかけてきたにしても、当主の指示だろう。まだ己の意思で動くような少女には見えなかった。

「しかし、沙那賣《サナメ》の当主の妻になるには、おとなしすぎる娘だな」

亘《こう》は当然、この縁組みを知っている。

「母を失ってまだ日が浅いのだぞ。元気も湧くまい」

「おやさしいな、兄上」

晨《しん》は黙る。軽口につきあっている気分ではない。晨の重苦しい表情に、亘も口を閉じた。が、立ち去る様子はない。しかたなく晨は声をかけた。

「なにか用事だったか」

「用事というほどのことでもないのだが……」

亘はいつになく歯切れが悪い。

「なんだ」

重ねて問うと、亘はそばまで近づいてきて、ささやいた。

「父上が、妙に苛立《いらだ》っておられるとは思わぬか」

「……ああ……」

そういえば、さきほどそう感じた覚えがあったな、と思う。

「あの父上が、感情を洩《も》らすのはめずらしい。いや、めずらしいというより、俺ははじめて見た気がするぞ、兄上」

はじめては言い過ぎだろう、と思うが、亘《こう》がいぶかしむのも無理はない。弟妹が生まれたときも、父はうれしそうな顔を見せなかった。おそらく自分のときもそうだったのだろう、と晨《しん》は思っている。

「俺がさして実のある報告をしなかったからではないか」

晨が言うと、亘は苦笑めいた表情を浮かべた。どういう感情だかわからない。

「兄上はもっと堂々としていたほうがいい」

「どういう意味だ」

「父上は兄上を頼りにしているから京師《みやこ》に残したのだし、ちゃんと報告を聞いてくれているではないか」

「京師に残ったのは、父上の意に反する」

「父上が本気で連れ帰ろうとすればできた。しなかったのだから、父上はそれでもよいとお考えだったのだ」

晨は沈黙する。亘と会話をするのは好きではなかった。亘の語りはつねに明晰《めいせき》で、己の愚鈍《ぐどん》さを思い知るからだ。彼が晨《しん》を兄として立ててくれることも、晨にはかえって重荷だった。本心ではどう思っているのか、実のところ嘲笑《あざわら》っているのではないかと、そう疑うたび胸のなかが磨《す》り減ってゆく。

「ともかく、兄上はなんでも悪いほうに考えすぎだ。物事はもっと単純だぞ」

晨の反応の悪さに業《ごう》を煮やしたのか、そう言って亘《こう》は屋敷のほうへと戻っていった。

——単純なものか。

晨は己が拗《す》ねて折れ曲がり、まわりの景色をも曲げてしまっていることをわかっているが、だからといって、どうにもならない。

枯れた木々のあいだで、晨は立ち尽くす。冷ややかな風が足もとを吹き抜け、落ち葉を舞いあげていった。

翌日、晨はふたたび浣紗《かんさ》のもとを訪れた。木枯《こが》らしが衿《えり》や袖《そで》から入りこみ、体が冷える。細い笛のような音は、風の音か。ものさびしい音だった。

「まあ、若さま！」

訪ねてきた晨を、浣紗はうれしげに迎え入れた。

「まさか、またすぐに来てくださるとは思いませんでした」

「昨日、なにか言いかけていただろう」

「それで来てくださったのですか？　まあ、うれしい」

浣紗《かんさ》は晨《しん》を火鉢《ひばち》の前に座らせる。銅製の火鉢のなかでは炭が赤々と燃えており、晨はほっとした気持ちで手をかざした。木枯らしに吹かれた体があたたまる。絹は陽熱《ようねつ》を好み、麻《あさ》は陰冷《いんれい》を好むという。だから冬に絹を織るときには、室内を火鉢であたためねばならないのだ。

「若さま、ちょっとこちらをごらんになってくださいませ」

と、浣紗は反物を見せる。淡い紅《くれない》に染まった絹だ。

「染めを頼んでおりましてね、ちょうど今朝がた、受けとりに行ってきたんですよ」

仕立てはそれぞれの家で行われるものだが、染めはたいてい染肆《せんし》に頼む。藍《あい》染め、墨染め、紅《べに》染め、あるいは型染め、絞り染めなど、染料や技法によって職人もわかれている。

「きれいな染めだが……これは？」

「吉《きつ》家のお嬢さまにお似合いだとは思いませんか」

晨は目をみはった。

「知っていたのか」

まさか、浣紗まで知っているとは思わなかった。

「皆知ってますよ、若さまよりずっと前に。若さまは京師《みやこ》にいらしたから、蚊帳《かや》の外でございましたね」

「そうなのか……」

知らなかったのは、自分だけか。晨《しん》はちりりと肌が炙《あぶ》られるような不快感を覚えた。

「おしとやかで、いいお嬢さまですから、わたしはいいご縁だと思いますよ」

その言いかたにひっかかる。

「思っていない者もいるのか」

「あ、いいえ、言葉のあやで」

「知っていることがあるなら、聞いておきたい」

浣紗《かんさ》は困ったように視線を落とす。

「いいお嬢さまですけれど、吉家《きつ》は、やはり、家臣の家柄ですから……朝陽《ちょうよう》さまのように、よそから名家の娘を娶らぬのかと……」

言いにくそうに話す。「釣り合いというものが、ございますでしょう。沙那賣《サナメ》当主の妻ともなれば、名門の出でないと、と思う者も多いようで……なぜ格下の家から娶るのかと」

浣紗はそれ以上口にしなかったが、なぜ格下から、という問いのさきには、次期当主が晨《しん》ではないからだ、という答えがあるのだろう。

知らず知らず、眉根がよっていた。何度これに似た言葉を聞いただろう。呪いのように
ずっと、つきまとって離れない言葉だ。――沙那賣《サナメ》の跡継ぎは長男ではない。跡継ぎは次男らしい……。

「やはり、お耳に入れぬほうがよろしゅうございましたね。申し訳ございません」

謝る浣紗《かんさ》に、晨は首をふる。浣紗は都合の悪いことでも包み隠さず晨に教えてくれる。だから信頼しているのだ。

「それより、言いかけていたことは、なんだ？　このことか？」

「いえ、……」

さらに言いにくそうに口ごもる。外から風の音が細く聞こえて、はっと浣紗は身じろぎした。

「ああ、いけない、忘れていたわ」とつぶやいたかと思うと、奥へと引っこんだ。厨《くりや》に行ったらしく、戻ってきた浣紗は柑子《こうじ》をのせた籠を抱《かか》えていた。そのまま外に出る。なんだろう、と思い晨は窓から外をのぞくと、浣紗は柴垣の向こうへ柑子を投げていた。柑子は藪《やぶ》のなかに落ちたようだった。

戻ってきた浣紗に、「獣の餌付《えづ》けでもしているのか？」と尋《たず》ねると、なぜだか気恥ずか

しそうな顔を見せた。

「小璇《しょうせん》さまがいらっしゃるのですよ」

「……え？」

「ひもじいご様子ですので、ああして食べ物をさしあげているのです。そうしないと、柴垣をかじってしまわれるんですよ。ごらんになったでしょう、柴垣があちこち破れてしまって……。これを申しあげようと思っていたのです」

「なにを言っているんだ」

晨《しん》は混乱した。浣紗《かんさ》はなんでもない世間話のように話しているが、小璇といったら。

「小璇は、母の名ではないか」

亡き母の幼名である。乳母だった浣紗は、母が嫁いできてからも、ときどきその名で呼んでいた。

「ええ、ですから……」

浣紗は困ったように笑った。

「信じられぬことやもしれませんが、小璇さまが、どうも、迷ってお出ましになるようで……。小璇さまは、ここでお亡くなりになったでしょう？　それで、ここに戻ってきてしまわれるのでしょうかねえ……」

「母の、幽鬼《ゆうき》が現れると？　いまさら？」

「ええ、わたしも驚きましたけれど」

浣紗《かんさ》は頰に手をあてる。

「幽鬼なのでしょうか、わたしはそんなものを見るのがはじめてですので、わかりません。小旋《しょうせん》さまは、ある晩、柴垣の向こうに立っておられたのです。埋葬したさいに着せた刺繡《ししゅう》の入った衣のお姿でした。あの衣は、わたしがひと針ひと針刺繡して、仕立てたものでございます。小旋さまはなにもおっしゃいませんでしたけれど、ひどく面《おも》やつれしておいでで、目もうつろでございました。お腹《なか》がすいてらっしゃるのではと、ゆでてあった栗をさしあげたら、あっというまに召しあがって……」

浣紗はうれしそうに滔々《とうとう》としゃべる。

「それ以来、ときどきいらっしゃるようになりました。最近は干し柿やら柑子やらをさしあげております。いつもそうしたものを用意しておくのですけれど、たまに忘れますと、癇癪《かんしゃく》を起こして柴垣をばりばりかじってしまわれるのです」

晨《しん》は、背筋が冷えた。浣紗はごく当たり前のように、にこにことして話す。

栗や干し柿を食べる幽鬼など、聞いたことがない。

——猿かなにかを、見間違えているのではないか。

と、喉《のど》まで出かかって、呑みこんだ。見間違えはしないだろう。間違えるとしたら、それは、浣紗《かんさ》がそう望んで見ているということだ。

浣紗は、乳母だっただけあって、母に対する情が深かった。そのぶん、母が死んだときには、昼も夜もなく嘆《なげ》きかなしんだ。その思いが、母の幽鬼を見せるのだろうか。

──しかし、なぜいまになって。

「それは、いつから?」

「つい最近でございます。若さまが京師《みやこ》にいらっしゃるあいだのことでした」

浣紗のもとを訪れるのは、晨《しん》くらいだろう。その晨が京師にとどまってしまい、訪ねる者もいなくなった。ひと恋しさから、怪《あや》しげなものを見てしまうようになったのだろうか。

──まさか、ほんとうに母の幽鬼だなどということは……。

母の幽鬼が楽土《らくど》に渡ることもなく山をさまよい、飢えているなどと、考えたくはない。ましてや、食べ物を投げ与えられて貪《むさぼ》り食っているなど。

「小旋《しょうせん》さまは、ひもじくなると、泣くのでございます。ほら、あのように」

木枯らしの音が聞こえる。あれは風だ、とも言えず、晨は口を閉ざした。

──どうしたものか。

家路《いえじ》をたどりながら、晨《しん》は思い悩む。まさかあんな話を聞こうとは思わなかった。父に相談するわけにもいかない。家のことを取り仕切っている家宰《かさい》に話して、気をつけてもらうよう頼むか。そんなことを考えながら屋敷の大門をくぐろうとして、晨は腕を引かれた。

「兄上」

亘《こう》だ。なんだ、と問う前に晨は脇道に引っ張られてゆく。そちらは山につづいている道で、密談があるのだなと察した。ちょうどいいので、晨は亘に話すことにした。

「浣紗《かんさ》の様子がおかしいのだが」

亘は足をとめて、ふり返る。眉をひそめている。「浣紗が、どうだと?」

母の幽鬼が現れると言っている——という話をすると、亘の顔はますます険しくなった。父そっくりだ。

「あの者の言うことを真に受けるな、兄上」

亘は吐き捨てた。憎々しげな言いように、晨は戸惑《とまど》う。まがりなりにも母の乳母だった相手を、なぜそうも罵《ののし》るのか。

「そんな話はでたらめに決まってる。あの者は、大嘘つきだ」

「なにを言う」晨はかっとなった。さすがに言い過ぎだ。

「兄上は浣紗を信じきっているから、わからぬのだろう。あの者がどれだけ悪辣《あくらつ》なことをしているのか」

馬鹿な、と言い返そうとして、口を閉じる。亘《こう》の顔が、ひどく切羽詰《せっぱつ》まった、真剣なものだったからだ。いつも悠然《ゆうぜん》として声など荒らげたことのない亘が、必死に言いつのっている。

「浣紗《かんさ》が、なにをしているというのだ」

「母は没落した名家の出だったろう。浣紗は、母が沙那賣《サナメ》に嫁いだことが不満だった。たかが田舎《いなか》の豪族などに、金で買われたと。母が生きていたころから、あれは陰では文句を言っていたぞ」

「まさか……」晨《しん》がつぶやくと、亘はどこかが痛むように顔をしかめた。

「兄上、浣紗は……。沙那賣の跡継ぎは、父上の跡を継ぐのは兄上ではなく俺だと、吹《ふい》聴《ちょう》していたのは浣紗なのだぞ。俺はその場を見たことがある」

胸を思いきり、どんと突かれたような衝撃があった。

——嘘だ。

「馬鹿を言うな、亘。そのような嘘を——」

「なぜだ。なぜ、嘘だと？」

「なぜと言うなら、浣紗はなぜそのような真似をするのだ。理由がないではないか」

亘《こう》はぐっと言葉につまった。

「それは……だから、母がここに嫁いできたことが不満で」

「沙那賣《サナメ》をかき乱したいということか？　そんなことをしてなんになる」

「なんにもならずとも、ただ引っかき回したいのだろう」

「そんな馬鹿な」

亘は、眉をひそめた。――かなしげな顔に見えた。

「兄上は、血を分けた弟より、あのような者を信じるのか」

声に深い情があった。晨《しん》は、わからなくなる。亘がこんなことを言うのも、こんな顔をするのも、こんな声を出すのもはじめてだった。ほんとうなのか。だが、あの浣紗《かんさ》がそんな真似をしていたとは、にわかには信じがたかった。

――どちらを信じたらいい。

喉《のど》がからからに渇《かわ》いている。晨はつばを飲みこみ、口をひらいた。

「な……なぜ、いま、そんなことを言う」

亘は、かすかに笑った。

「父上の命令で、北辺山脈へ行く」

「北辺山脈……」

「俺の役目がなんだか、わかるだろう？　あちらの部族に父上の意を伝えねばならぬ。父上の思ったとおりにことが運んでも、運ばずとも、俺は生きては戻れぬかもしれぬ」

はっと、晨《しん》は息を吸いこんだ。

「このことだけでも、わかるではないか。跡継ぎにこんな真似はさせぬ。次男など、捨て駒《ごま》よ。俺はこたびの父上のはかりごとには賛同できぬが、命令だから行かねばならぬ」

亘《こう》は一歩近づいて、晨の腕をつかんだ。

「これだけは言っておかねばならぬと、兄上をここに連れてきた。父上はおそらく失敗するぞ」

「失敗？」

「これは成功せぬ。父上は、なぜかこたびのことに関しては、見誤っておられる。よいか、兄上、しばらく身を隠すか、ともかく沙那賣《サナメ》から離れたほうがよい。陛下と懇意《こんい》であるなら、つながりを手放すな。――沙那賣は、滅びるぞ」

押し殺した声が、晨の胸を揺らした。

――沙那賣が滅びる。

「最後だけでいい、俺を信じてくれ」

晨の腕をつかんだ手に、力がこもる。晨は、その手の熱が移ったように、気がつくとうなずいていた。

亘《こう》と別れてから、晨《しん》は沙那賣《サナメ》の屋敷に戻る気にもなれず、浣紗《かんさ》のもとへと足を運んだ。たしかめたかったからだ。

「まあ……、若さま。どうなさいました」

陽《ひ》も暮れたというのに再度やってきた晨に、浣紗はさすがにけげんそうにしていた。

「訊《き》きたいことがある」

力なく言った晨の様子が普段と違うことも気にかけず、浣紗はなかへと促す。

「なんでございますか、お訊きになりたいことというのは」

「……母の幽鬼がやってくるというのは、ほんとうか？」

浣紗は目をすこしみはって、「ほんとうでございますよ」と心外そうに言った。

「信じてらっしゃらないのでございますか」

「陰で父を悪く言っているというのは」

浣紗の表情が固まった。

「跡継ぎが俺ではなく、亘だと吹聴しているのがおまえだというのは、ほんとうか」

固まった浣紗の表情から、感情が抜け落ちてゆく。白紙を見ているような、なにも読みとれない、ただ目や鼻を置いただけの顔がそこにはあった。

しばらくして、浣紗《かんさ》は笑った。いや、顔が笑う形になっただけだった。

「まあ……吹聴だなんて」

その目は、捉《とら》えどころのない暗い翳《かげ》を帯びている。

「わたしが言わずとも、誰かしら噂していることでございますよ。民というのは、噂好きで、無責任なものですからねえ」

晨《しん》は、足もとから力が抜けてゆくような気がした。

——ほんとうなのだ。亘《こう》が正しかった。

「なぜだ……なぜ、そのようなことを」

声が震えた。浣紗はじっと黙っていたが、やがて低い声を発した。

「なぜって、若さま、わたしは小璇《しょうせん》さまの御子を当主にしてさしあげたいんですもの。当然じゃありませんか」

「——なに？」

浣紗の言葉の意味が、理解できなかった。

「母の子というなら、俺もそうではないか」

言ってから、血の気《け》が引いた。——まさか！

「ちっともお気づきではなかったのですか。小璇《しょうせん》さまはあれだけあなたさまを愛さず、邪険にしてらしたのに」

それは晨《しん》だけではなかった。あの母は、子供すべてを愛していなかった。亘《こう》も、亮《りょう》も、晩霞《ばんか》も、まるで汚《けが》らわしいものであるかのように見ていた。

「おかわいそうに、小璇さまは嫁いできたその日に、よそに赤子がいることを知らされたのですよ」

「俺が、妾《めかけ》の子だというのか。そんな話は――」

「妾の子なら、隠すこともありますまい。よくあることですからね。ですが、赤子の存在は秘されて、知っている者はごくわずかでした。十月《とつき》がたって赤子は小璇さまの御子として生を享《う》けたように周知されましたが、当然ながらお披露目《ひろめ》することもできません。明らかに生まれたばかりの嬰児《えいじ》ではないのですからね。病弱だと偽《いつわ》って、赤子は屋敷から出されずに育てられました。それが若さまでございますよ」

晨は黙って浣紗《かんさ》の話を聞いていた。もはや、浣紗の言葉を信じてはいなかった。

「嘘だとお思いですか？　かまいませんよ、それでも。わたしは言うだけ言ってしまいます。なぜ、秘密にされていたと思います？　朝陽《ちょうよう》さまの御子であることはたしかですよ。ならば、外聞をはばかる相手だった、という理由しかございませんでしょう。相手が誰だか、想像がつきますか？」

「……いや」

浣紗《かんさ》はどこか楽しそうだった。目には意地の悪い光があった。こんな顔の浣紗は、はじめて見る。亘《こう》にしろ、今日ははじめて知ることが多い、と晨《しん》はどこか遠い気持ちで思った。

「事実を知っている者は口が堅く、わたしもなかなか突きとめられませんでした。ですが、知ってみれば、隠そうとしたのは当然だと思いました。あんな汚らわしい、罪深い関係など、とても公《おおやけ》にはできませんものね」

晨の首筋に、いやな汗が浮かんでくる。それなのに、体は妙に冷たい。聞かないほうがいい、と全身が訴えている。嘘だろうと、耳に入れぬほうがいい、そういう言葉が放たれようとしているのを感じていた。

「朝陽《ちょうよう》さまの妹御《いもうとご》に、杳《よう》さまとおっしゃるかたがいらしたのを、ご存じ？　沙那賣《サナメ》の末娘だったそうですよ」

浣紗は、唇を舌で湿らせた。蛇が蛙を前に舌なめずりするような、いやな仕草だった。

「おふたりは、実の兄妹《きょうだい》で愛し合っておられた。杳さまは赤子を産んで亡くなったそうです。その赤子があなたさまですよ、若さま」

浣紗は勝ち誇ったように言った。晨は、心のどこかがひどく冷えて、もはやなんの衝撃も感じなかった。冷ややかな目を浣紗《かんさ》に向ける。

「言うに事欠いて、馬鹿馬鹿しい」

「まあ、信じないのですか」

「信じられるわけがなかろう」

浣紗は顔をゆがめた。この者は俺を傷つけたいのだ、と晨《しん》は思った。そう思うことで、浣紗の言ったことを拒絶しようとしていた。到底、事実とは思われない。思いたくない。あり得ないではないか。

「もうよい。俺は二度とここには来ない。さらばだ」

立ちあがり、扉に向かう。

「皆に言いますよ！」追いすがるように、浣紗は叫んだ。

「兄妹のあいだに生まれた忌《い》まわしい子が、当主などになっていいわけがない。跡を継ぐなら、小璇《しょうせん》さまの御子です。そうでなくては、小璇さまがあまりにあわれではありませんか」

晨はかまわず立ち去ろうとする。浣紗は追いかけてきた。

「若さまが京師《みやこ》から帰ってこないから、てっきり跡継ぎは亘《こう》さまになったのだとばかり思いましたのに、朝陽《ちょうよう》さまは——家臣の嫁など迎えて、あなたさまを正式に跡継ぎに据えるとおっしゃって！」

晨《しん》は思わず足をとめ、ふり返った。

「父上が、そのようなことを？」

「聞いておられぬのですか。そうですよ。あんまりじゃありませんか。小璇《しょうせん》さまだって、化けて出ようというもの」

——だからか。

母の幽鬼だなどと言って。でたらめなのか、思い込みなのかはわからないが。

晨は嘆息《たんそく》した。

「俺は、なにも見えてなかった」

つぶやき、扉をあける。軋《きし》んだ音を立ててひらいた扉の向こうにひと影をみとめて、晨は足をとめた。それが誰だか確認する前に、ひゅっと風が脇を吹き抜けた。

ぎゃっ、と禍々《まがまが》しい鳥の鳴き声のような声がうしろから聞こえた。声の主《ぬし》は浣紗《かんさ》であり、目の前にいたのが父であると悟ったのは、父の姿がうしろに消えてからだった。はっとしてふり返ると、父は倒れた浣紗の胸から引き抜いた刀を、喉に突き立てるところだった。浣紗の手足はだらりと四方に伸びて、胸は血に染まっている。扉をあけた瞬間に、父の刀は浣紗の胸を貫《つらぬ》いていたのだった。

「あ、……」

唇がわななき、声が出ない。動きもしないのに息があがった。

「……あわれだと思うからこそ、生かしてやっていたというのに」

凍りついたように冷たく、蔑《さげす》みを含んだ父の声が低く響いた。

「愚にもつかぬことを言いふらしていることなど、承知していた。くだらぬ戯《ざ》れ言《ごと》とほうっておいたが、さっさと始末しておくべきだったな。主《あるじ》の死んだときにでも」

主というのは、母のことか。

父は浣紗《かんさ》の喉から刀を引き抜き、晨《しん》のほうをふり向いた。浣紗の喉から血が噴きあがる。まだ息があるのか、事切れているのか、わからない。浣紗の体はびくびくと痙攣《けいれん》していた。ふり向いた父の目を見た晨は、知った。浣紗の言っていたことが、真実であると。

戦慄した。

「う……嘘でしょう、父上」

声がかすれて上擦《うわず》った。嘘だ。あり得ない。

父はふたたび室内に向き直り、奥へと歩いてゆく。火鉢を抱《かか》えると、中身を床へばらまいた。灰とともに赤い炭がちらばる。火の粉が帳へと飛び、あっという間に燃えあがった。その炎を見つめ、「なぜ嘘でなくてはならない」と父は言った。

「これまでも、これからも、私は杳《よう》しか愛さぬ。沙那賣《サナメ》の呪いさえなくば、杳は生きていた」

沙那賣の呪い——末娘は、十五の歳に死ぬ。ずっと一族を苦しめてきた呪いだ。呪いを避けるために、当主はいつも末娘の下に養女を迎えた。身代わりとして。

「身代わりを用意しなかったと……?」

「いや。杳は身代わりのことを知らずに十五の歳を迎えた。養女が死んでから、そのことを知った。それに耐えられずに、責めを負って杳は死んだのだ」

おまえを産んでから、と父は言った。

棚に積んであった反物が勢いよく燃えあがり、壁を炎が舐《な》める。炎は浣紗の屍にも移った。いやなにおいに、晨《しん》は咳《せ》きこんだ。炎が爆《は》ぜ、煙が立ちこめる。

朝陽《ちょうよう》は急ぐそぶりもなくゆったりときびすを返すと、晨の腕をつかんで、引きずるようにして外に出る。冷たい夜気が肌を冷やし、息も落ち着いた。ふり返れば、茅葺き屋根の隙間《すきま》から煙がたなびき、窓からは炎が噴きだしている。

燃えあがる屋敷を呆然と眺めながら、晨は背後にいる父に、疑問を口にできずにいた。

——杳が死んだのは、子を身籠《みご》もったからではないのか。

——耐えられなかったのは、禁忌《きんき》の子を授かってしまったことではないのか。

「おまえは私と杳《よう》の、たったひとりの大事な息子だ。おまえが生まれたとき、どれほどうれしかったことか。おまえのほかに跡継ぎなど、考えられぬ。もう惑《まど》わされるな」

背に聞く父の言葉に、晨《しん》はその場にくずおれ、地に伏した。

どれだけ、その言葉を望んでいたか。ずっと、叶《かな》わぬと思いながら、願ってきたか。それが。

——このようなかたちで、聞きたくはなかった。

地に爪を立てる。足もとからすべてが崩れ落ちてゆく。いままでの日々はなんだったのか。信じてきたものは、なんだったのか。もはやなにを信じ、どう生きてゆけばいいのか、わからない。

晨は吠《ほ》えるように慟哭《どうこく》した。


夜明け前に家はすっかり焼け落ちた。闇のなかに白い煙が立ちのぼり、炭となった家の残骸がうっすらと見てとれる。父の姿はなく、不思議なことに、火事だというのに駆けつけてくる者も誰もいなかった。佇《たたず》む晨の耳に木枯らしの音が聞こえたが、風は吹いていない。藪《やぶ》が揺れて、ふたつのまなこが光って見えた。はっとしたが、まなこの持ち主はすぐさま逃げ去っていったようだった。猿か、ほかの獣か。あるいは——。

晨《しん》はふらりと歩きだす。おぼつかない足どりで山をおり、そのまま道を行く。山の端《は》がようやく白みはじめたばかりで、道を歩く者もいない。大きな道。沙那賣《サナメ》の造った道だ。あれほど誇らしかった道が、いまはひどく忌まわしく、まるで茨の上を歩いている心地がした。

晨は、沙那賣の屋敷とは反対の方向へと歩いていた。港だ。京師《みやこ》へ行くつもりだった。高峻《こうしゅん》へ復命もせねばならない。

——もう、二度と、ここへは戻らぬ。

父は戻ってくるものと思っているのかもしれない。最後には戻ってきて当然だと。晨は沙那賣の当主になるのだから。

——戻るものか。

夜明けの陽に照らされた海原を眺め、晨は出港を待った。

賀《が》州を出た船は、三日ほどかけて皐《こう》州の港に着いた。京師へは、そこから川を遡《さかのぼ》り、水路を行くことになる。

船を降りた晨は、周囲の騒がしさに気づいた。なんだろう、と思う間もなく、沖合に異様なものを見た。おそらく港に着く前から船中でも騒ぎになっていたのだろうが、眠りこけていて気づかなかった。

海上から煙が立ちのぼっている。煙というよりも、雲のようだ。

噴火だ、という声が耳に入る。海底火山が噴火したのだという。噴煙は大きくなったり小さくなったりしながら、鎮《しず》まる様子なくつづいているらしい。もう三日だとか、いや五日だとか、さまざまな情報が入り乱れる。目を凝《こ》らせば向こう岸、界島《ジェ》の岸辺近くに赤い砂浜のようなものが見える。さらに噴火している箇所には黒い小さな島のようなものが出現していた。噴きでた溶岩が固まり、だんだんと陸地になっていったのだと、まわりの人々に説明している者がいた。それは徐々に広がりを見せているそうだ。港から噴火を見守る人々の顔には、不安げな色が一様に浮かんでいた。噴火による灰がこちらの港にも降ってきているそうで、たしかに足もとの地面は白っぽくなっている。陸地がさらに広がり、溶岩がこちらにまで押し寄せたら、と想像するのも恐ろしい。

——陛下は、ご存知なのだろうか。

いや、当然、知らせはとうに届いているだろう。まわりをよく見れば官吏《かんり》らしき者たちが右往左往《うおうさおう》している姿が目につくし、軍府《ぐんぷ》の府兵《ふへい》もいる。

界島への乗合船は往来《おうらい》を中止しているようだが、京師《みやこ》へ向けての船は出ている。だが、この地から逃れようとする人々で、船はいずれも満員、そちらの港はごった返していた。

──どうしたものか。

思案している晨《しん》の背中に、聞き覚えのある声がかかった。

「おぬしは、沙那賣《サナメ》の……長男ではないか？」

可憐《かれん》でありながら凜《りん》とした、その声。はっとしてふり返れば、寿雪《じゅせつ》がいた。

──まさか、どうして、こんなところで。

寿雪は黒髪をうしろで束《たば》ね、男物の袍《ほう》に身を包んでいる。そばにやはり袍を着た、やたらときれいな顔をした青年がふたり、ほかに護衛のためか武官もついていた。

烏妃《うひ》さま、と言いかけ、口をつぐむ。ひざまずいては目立つだろうと、そばに歩みより、揖礼《ゆうれい》だけした。

晨は頰を押さえる。寿雪は晨の顔を眺め、ひとこと、「顔色が悪い」と言った。きっとひどい顔をしているだろう。寿雪は、つい、と優雅に爪先を町のほうに向けた。

「いま界島《ジエ》には渡れぬというので、皐《こう》州の刺史《しし》が屋敷に招いてくれておる。茶でももらおう」

ついてこい、ということらしい。

「疲れたときは、茶を飲むのがよい」

なにも問わず、それだけ告げて歩いてゆく寿雪の小さな背中に、ふと晨は胸が熱くなる。

いますぐひざまずき、額《ぬか》ずき、すがりたくなった。
視界がゆるやかににじんで、晨《しん》はただ、天を仰いだ。

*

羊舌慈恵《ようぜつじけい》は、塩を積んだ船で川を遡上《そじょう》していた。遠くに見える山脈は、すっかり雪に覆われている。川も途中で凍っているだろうから、そこからは馬に乗り換えねばならない。北辺《ほくへん》山脈の麓《ふもと》に位置する落《らく》州の町に着き、船を岸に寄せる。慈恵は休憩に立ち寄った町々で様子をうかがいつつ、北辺山脈方面の情報を集めていた。進みは遅くなるが、情報のほうが大事だ。北辺の部族たちも、なにか企《たくら》みを起こそうにも、そうそう早く事は起こせない。

慈恵は従者たちのうち、ふたりばかりをつれて町の市場に向かう。つれてきた従者たちはすべて、腕っぷしの強い者たちばかりだ。今回とくべつに選んだわけではなく、もとから慈恵の従者には、力仕事に慣れた屈強な者がそろっている。俵《たわら》に詰めた塩は穀物よりもずっと重く、非力な者では務まらないからだ。

山奥で暮らす者たちもまた、強靱《きょうじん》な肉体を持っている。山で暮らすというのは、それだけでたいへんなことだ。耕作地はすくなく、木を伐《き》って薪《まき》や炭にして生計を立てている者がほとんどで、それも冬になれば雪に阻《はば》まれる。狩りをして、家畜も育てているが、平地で農耕をしたほうが暮らしはずっと楽だろう。だが、山育ちの者たちは口をそろえて、山をおりて暮らすことなど考えられぬと言う。そういうものなのだろう。

市場で入り用の物を調達していた慈恵《じけい》は、商人らしい青年が靴肆《かし》で主と話しているところに出くわした。どうも履《は》いていた鞋《くつ》が雪でぬかるんだ泥道ですっかり濡れてしまい、往生《おうじょう》しているらしい。見れば錦《にしき》の鞋である。つれている従者ともども着ている衣もすべて絹で、身なりはいいが、雪国には不慣れなようだ。そのせいでやたらに高いだけの長靴をすすめられている。余計なことと思いつつも、慈恵は口を挟んだ。

「おまえさん、お待ちなさい。悪いことは言わん、こちらの靴にしなされ」

店先にある髦牛《ぼうぎゅう》の毛皮で作られた鞅靴《おうか》を指さし、そう言うと、青年は驚いた様子でふり向いた。精悍《せいかん》な顔立ちだが、柔和《にゅうわ》な雰囲気がある。物腰もやわらかそうだった。

「髦牛の毛皮はあたたかい。いまからの季節は、防寒が第一だ。飾りも刺繍も必要ない」

慈恵の示した靴は鞅から膝下《あしくび》まである長靴で、つま先が反《そ》っていて雪がしみこむのを防ぎ、長い毛足の毛皮が水をはじく。なにより格段にあたたかい。髦牛は雪山に住む人々が飼っている長毛の牛である。

「羊舌《ようぜつ》のだんな、困りますよ」

店主が渋い顔をする。顔なじみである。金を持っていそうな若造から、ふんだくるつもりだったのだろう。

「あんまりあこぎな真似をするもんじゃあない」

慈恵《じけい》と店主を見比べて戸惑《とまど》っている青年に、慈恵は「これからどこに行きなさる」と尋ねた。

「北辺山脈へ……」

「その格好で？」

慈恵はあきれた。青年は困惑《こんわく》している。「綿を入れて、ずいぶん重ねているのですが、いけませんか」

「凍《こご》え死になさるつもりか。そこいらの山とは違いますぞ」

「私の地方でも山には雪が積もりますから、雪山はわかっているつもりですが」

慈恵は首をふった。

「目の詰まった毛織物の服をお買いなさい。それから子羊の裘《かわごろも》と、耳を覆うあたたかい貂帽《ちょうぼう》も」

青年は熱心に慈恵の言葉に耳を傾けている様子で、聞き終えると一歩さがり、うやうやしく揖礼した。

「ご親切に、ありがとうございます。恥ずかしながら、こちらのほうへ来るのははじめてで、どのような品がよいのか皆目《かいもく》わかりませぬ。不躾《ぶしつけ》かと存じますが、よろしければ、同行していただけませぬか」

さすがに、そこまで暇ではない。断ろうとしたが、次いで青年が口にした言葉に、気が変わった。

「申し遅れましたが、私は賀《が》州の豪族、沙那賣《サナメ》の次男で、亘《こう》と申します。——羊舌《ようぜつ》のご当主」

亘は、穏やかでありながら、どこか感情の薄い微笑を浮かべた。

※この作品はフィクションです。実在の人物・団体・事件などにはいっさい関係ありません。

集英社オレンジ文庫をお買い上げいただき、ありがとうございます。
ご意見・ご感想をお待ちしております。

● あて先
〒101-8050　東京都千代田区一ツ橋2-5-10
集英社オレンジ文庫編集部 気付
白川紺子先生

集英社
オレンジ文庫

後宮の烏《からす》　6

2021年8月25日　第1刷発行

著　者　白川紺子
発行者　北畠輝幸
発行所　株式会社集英社
〒101-8050東京都千代田区一ツ橋2-5-10
電話【編集部】03-3230-6352
【読者係】03-3230-6080
【販売部】03-3230-6393（書店専用）
印刷所　株式会社美松堂／中央精版印刷株式会社

ISBN 978-4-08-680400-4 C0193